Olaf Müller-Teut

# Morgenlicht über Vietnam

**Eine Familie zwischen zwei Welten**

Dieses Buch ist den Menschen Vietnams gewidmet,

die immer wieder zu unbeschreiblichen Opfern bereit waren.

Alles hätte so geschehen können, der geschichtliche    Rahmen beruht überwiegend auf tatsächlichen Ereignissen und Teile der Handlung auf persönlichen Erfahrungen. Allerdings sind alle handelnden Personen frei erfunden und eventuelle Übereinstimmungen mit lebenden Personen rein zufällig.

Herstellung und Verlag:
BoD - Books on Demand, Norderstedt
ISBN 978-3-7347-6180-5

**Die wichtigsten Personen der Handlung**

Le Van **Luc**          Besitzer eines Restaurants in Hamburg

Le Viet **Hung**          sein Bruder in Cho Lon

ihr Vater **Long**, von den Söhnen **Ba** genannt

ihre Mutter, von den Söhnen **Ma** genannt


Nguyen Thi **Anh**      Frau von Luc, aus Hanoi

Le Thai **Lan**          ihre Tochter


Pham Dong **Nam**      Freund von Luc, Journalist

Pham Lieu **Le**          sein Vater, Pharmazeut

auch genannt **Duoc Le**


Pham **Minh Sen**      Schwester von Nam und Frau von Pierre

**Pierre** Gautier          belgischer Kaufmann

**Thi Linh**          ihre Tochter


**Phuc**          Onkel von Luc, lebt bei Saigon,

          Bruder des Vaters

**Tham**          Onkel von Luc, lebt in Hôi An,

          Bruder des Vaters

**Truong**          ältester Sohn von Tham, lebt in Hôi An


Nguyen Van **Ha**      Vater von Anh, lebt in Hanoi

Nguyen Thai **Phuong**   Mutter von Anh, lebt ebenfalls in Hanoi

Erwartungsvoll blickten Hunderte von Augenpaaren auf die linke Seite des Saals. Alle fieberten dem Drachentanz entgegen. Trommelwirbel ertönte, endlich öffnete sich die Tür, der mystische Drache reckte seinen Kopf in den Raum, wand sich zur Seite, beugte sich auf und tanzte in großem Bogen in die Mitte des Saals. Immer wilder, immer ausgelassener wurde der Tanz, lebendige, uralte asiatische Tradition.

Das Jahr des Schweins begann, ein Glück verheißendes Jahr. Kurz nach Mitternacht hatte Thich Nhu Dien, der Abt, seinen Segen erteilt. Aufgeregte Vietnamesen befestigten kleine Geldnoten an langen Stangen, der Drache sollte sie fangen, dann wäre ihnen Erfolg sicher, zwölf Monate lang. Die große Buddhastatue blickte mit gelassenem Ausdruck auf die ruhelose Menge.

Es war eine kalte Nacht, Ende Januar 1995 in Hannover. Luc suchte seinen Bruder. Es herrschte so ein Gedränge in der Gebetshalle, dass er ihn für Minuten aus den Augen verloren hatte. Dann endlich erblickte er ihn und konnte seine Hände drücken, ihm ein gutes neues Jahr wünschen.

Fast zwanzig Jahre waren vergangen, seit sie zuletzt gemeinsam TET in Saigon gefeiert hatten. Damals lebte noch ihr Vater, damals hofften sie noch auf eine gute Zukunft für die Familie. Damals träumten sie noch. Die vergangenen Jahre aber hatten sie verändert, nicht nur äußerlich. Doch nun wuchs die Freude von Minute zu Minute über das Wiedersehen.

Vor sechs Stunden hatten sie immer wieder versucht, ihre Mutter zu erreichen, doch die Leitungen nach Saigon, nach Ho Chi Minh City wie sie jetzt hieß, waren überlastet. Endlich aber hatte es geklappt.

"Ma", brüllte Hung in die Leitung, "Ma ..."
"Du kannst ruhig leiser sprechen, die Telefonverbindung ist gut."

In Hannover war es noch früher Abend, in Saigon aber bereits Mitternacht.

Der Mutter hatten sie schließlich ein glückliches neues Jahr gewünscht. Das Jahr des Schweins löste das Jahr des Hundes ab, das war doch ein gutes Zeichen für eine sorgenfreie Zeit.

Luc kam kaum zu Wort, sein Bruder hatte so viel zu erzählen: Es war sein erster Flug gewesen, Hannover für ihn eine fremde, geordnete Welt, die fast seinen klischeehaften Vorstellungen von Deutschland entsprach. Und dann das Wiedersehen mit Luc, den er nach zwanzig Jahren kaum erkannte.

Sie hatten sich am Flughafen heftig umarmt. So viele Jahre waren verflossen, so viele Ereignisse, die tiefe Spuren hinterlassen hatten. Und nun die Freude, sich endlich wiederzusehen. Als Luc aus Saigon flüchtete, war er erst 35 Jahre alt gewesen, sein Bruder zwei Jahre jünger.

"Und Ma, wir schlafen zwei Nächte in einem Hotel in Hannover, erst dann fährt mich Luc zu seiner Familie nach Hamburg. So haben wir viele Stunden nur für uns und unsere Erinnerungen. Und wusstest du, dass Luc jetzt einen feinen Schnurrbart trägt? Auf seiner Wange wachsen noch immer die fünf langen Warzenhaare, die ihm Glück bringen sollen. Dicker ist er geworden, aber er ist noch immer muskulös, ich muss zu ihm aufsehen, fast noch mehr als früher. Irgendwie hatte ich ihn nicht ganz so groß in Erinnerung, er dürfte über 1,70 m sein. Natürlich sind wir alle älter geworden, aber Luc hat noch immer lange schwarze Haare ohne einen Hauch von Grau."

2

Tet Nguyen Dan, das TET-Fest, das Neujahrsfest, war schon immer das größte Ereignis des Jahres gewesen. Solange der Vater, der ehrwürdige Long, noch lebte, versammelte sich jedes Jahr die ganze Familie. Es wurde gegessen, getrunken und gelacht. Als dann die Mutter alleine war, ging Hung ihr zur Hand. Er säuberte den schlichten Ahnenaltar, brachte dem Vater seine Lieblingsblumen an den Hausaltar, frisches Wasser, Obst und Betelnüsse.

Das wären eigentlich die Pflichten von Luc gewesen, dem älteren der Brüder, aber der war ja im fernen Deutschland. So war es selbstverständlich für Hung, diese Aufgaben zu übernehmen. Respekt und Gehorsam, damit war er aufgewachsen. Er half seiner Mutter, die Möbel zur Seite zu schieben, den Boden, ja die ganze Wohnung zu putzen – und natürlich besonders den Herd in der Küche. Es war wichtig für die Familie, dass Ong Tao, der Küchen- und Herdgott, einen guten Eindruck gewann.

Ong Tao ritt am 23. Tag des letzten Monats des alten Jahres auf einem Karpfen in den Himmel, um dem Jadekaiser, Ngoc Hoang, über die Familie zu berichten. Ngoc Hoang war der Herrscher über die Natur, die in vielen Göttern und Geistern inkarniert wurde. Das alte taoistische Ritual war für sie

6

alle so selbstverständlich, dass niemand darüber nachdachte, eine Tradition, die lebte, auch in ihrer modernen Welt.

Für Luc gehörten die TET-Festtage in Saigon zu den schönsten Erinnerungen. Die Familie feierte gemeinsam, die Stimmung war ausgelassen, die Männer tranken, bis ihre Gesichter immer röter wurden. Das Wichtigste aber war das reichhaltige Essen, mehr und besser als an allen anderen Tagen des Jahres. Viele Stunden der Gemeinsamkeit, mit immer wieder neuen Leckereien, mit Banh Day, Kuchen aus fettem Schweinefleisch, mit Bohnenpaste und Reis, in grüne Dong-Blätter eingepackt, und natürlich vielen süßen Knabbereien: Ingwer in Zucker eingelegt, Kuchen aus Klebreis, Wassermelonen, Lotoskerne, die geröstet so lecker waren, und vieles mehr.

Die Mutter schmückte die Wohnung mit Blumen, mit blühenden Aprikosenzweigen, sogar einen teuren Kumquat Baum mit kleinen gelben Früchten hatte sie in der Nguyen Hue Straße gekauft.

Durch das Wiedersehen mit Hung wurden für Luc immer neue Erinnerungen wach. "Hängt während der TET-Tage noch immer das alte Lackbild mit dem Phönix, der Friede in das Haus bringen soll?"
Hung nickte und schmunzelte.
"Es ist nicht immer leicht, die alten Traditionen zu bewahren, aber wir versuchen es."

Und dann erinnerte sich Luc an das andere TET-Bild an der schlichten weißen Wand, das Bild mit der Kröte und dem Wels. Jedes Jahr während der Feiertage erzählte die Mutter die alte Anekdote von den Kindern der Kröte.

7

Aus den Eiern wurden Kaulquappen, die der Wels als seine eigenen Kinder ansah und sie deshalb in sein Haus brachte. Die Kröte aber war entsetzt, hilflos lief sie zum Richter, dem weisen Karpfen, und verklagte den Wels. Der Richter aber fällte ein kluges Urteil, beide sollten Geduld haben, die Kinder müssten zunächst im Wasser bleiben und dann, nach wenigen Wochen, würde sich ihr Schicksal ergeben. So war es. Aus den Kaulquappen wurden kleine Kröten, die Kröte behielt Recht, der Wels musste sich in die Tiefen des Wassers verkriechen.

Der Vater bemerkte dazu: "Das zeigt euch, dass man im Leben bedachtsam bleiben muss und keine übereilten Entscheidungen fällen darf." Das war eine nachhaltige Lehre für seine Söhne. Immer wieder erzählte die Mutter alte Anekdoten und Geschichten, und der Vater zog daraus seine erzieherischen Schlussfolgerungen. Er war streng, aber gerecht, und die Söhne respektierten ihn. Noch heute vermisste Luc seine Aura, die Gehorsam forderte. Luc und Hung nannten ihn liebevoll Ba, für seine Freunde und Bekannten war er Ong, ganz respektvoll.

Der Vater war klein gewesen, ein wenig füllig, sein Haar lichtete sich von Jahr zu Jahr. Er war angesehen in der chinesischen Gemeinde von Cho Lon, der großen, sprudelnden Schwesterstadt von Saigon.

Luc hatte so viele angenehme Erinnerungen an das TET-Fest, nicht nur an das üppige Essen und die aufwändig geschmückte Wohnung, sondern auch an die feierliche Atmosphäre. Der Vater, Hung und er erhielten neue Hemden, die Mutter ein elegantes Ao Dai aus Seide. Es waren lebendige Erinnerungen an eine sorgenfreie Jugend. Um Mitternacht, wenn Ong Tao von seiner Reise zum Jadekaiser zurückkam, begann die eigentliche Feier. Er wurde mit Lärm, mit Feuerwerk begrüßt.

Dann waren da auch noch andere Erinnerungen. Die Söhne wurden gehalten, besonders höflich zu sein, keine lauten Worte, kein Streit. Das brächte Unheil über das Haus. Für Luc war das nicht immer leicht, die Eltern erwarteten eine noch größere Disziplin als sonst.

"Erinnerst du dich noch, Hung, als die Großeltern noch lebten, mussten wir immer ganz still sitzen, während sie ihre alten, ach so eintönigen Balladen sangen, die nie zu enden schienen und die uns so sehr langweilten."

Die vielen nostalgischen Erinnerungen waren fast immer angenehm und durch die große Distanz leicht verklärt.

Luc dachte immer wieder an seine Mutter, die dieses Jahr alleine ohne Hung feiern musste.

"Mach dir keine Sorgen, Luc, die Mutter feiert fröhlich mit ihren Freundinnen und mit Nachbarinnen und genießt die vielen Neujahrsleckereien. Natürlich wird sie auch an uns denken, aber ihre Bekannten werden sie ablenken. Du wirst dich sicherlich noch erinnern, wie sehr sie alle den Tratsch lieben. Unsere Mutter wäre gerne mit mir gekommen, doch hat der Arzt von der Reise abgeraten.

Ich vermute, sie wird allen Freundinnen die Bilder zeigen, die du vor kurzem gesandt hast. Als sie die Fotos zum ersten Mal sah, war sie überrascht, dass du dicker und reifer aussiehst, als in ihren Erinnerungen. Es sind ja so viele Jahre vergangen, seit sie dich zuletzt sah."

Hung schwieg für Minuten und ergänzte dann: "Ich glaube, ihre Erinnerungen waren vage, fast schemenhaft. Damals, als du flüchten musstest, waren wir noch so jung. Du hattest immer wieder neue Ideen, du warst so neugierig und strotztest vor Energie. Als du uns schriebst, dass du eine Frau aus Hanoi geheiratet hast, bemerkte die Mutter nur: 'Ich kenne ihre Familie doch gar nicht.' Sie denkt eben noch in alten Schablonen. Aber über die Fotos von deiner Tochter hat sie sich sehr gefreut: 'Die Kleine lächelt so lieblich.' Das hat sie sehr versöhnt. Natürlich hofft sie, dass du nächstes Jahr mit deiner ganzen Familie zum TET- Fest nach Saigon kommst. Ich hoffe das auch."

Luc hatte seinen Bruder vom Flughafen in Hannover abgeholt. Nach der kurzen Fahrt ruhte sich Hung im Hotel aus, eine schlaflose Nacht im Flugzeug und der abrupte Klimawechsel belasteten ihn mehr, als er zugeben wollte. Am nächsten Morgen war das Wetter trüb, aber trocken. Hung wollte vor der TET-Feier etwas spazieren gehen, um sich besser zu akklimatisieren. So schlenderten sie gemächlich durch die "Herrenhäuser Gärten", die in dieser Jahreszeit farblos und verlassen wirkten.

Aber sie hatten sich so vieles zu erzählen, so vieles, das in Telefongesprächen und Briefen nur angedeutet werden konnte. Nur in den ersten Momenten waren sie sich fremd gewesen, bald aber war die Zurückhaltung der alten Wärme gewichen. Sie liefen durch den "Großen Garten", blickten von der Aussichtsterrasse auf die strenge, symmetrische Anlage, bummelten durch den "Berggarten". Die kühle winterliche Luft

10

belebte Hung, seine alte Energie kehrte zurück, und als Luc vorschlug, im nahen beheizten Café weiter zu plaudern, wollte Hung noch eine Weile durch den "Georgengarten" laufen.

3

Ihr Hotel lag nicht weit von der Vien Giac Pagode entfernt, dort würden sie TET feiern, dort würden sie an der buddhistischen Reuezeremonie teilnehmen, um alles Negative des alten Jahres zu bereinigen und das neue Jahr rein und frisch zu begrüßen.

Als sie kurz vor acht Uhr abends das Kloster betraten, war der große Gebetsraum bereits gefüllt. Vor der Maitreya Buddhastatue, dem zukünftigen Buddha, verteilten Laien in grauen Gewändern, die an Ao Dais erinnerten, braune, quadratische Matten und kleine Kissen. In den vorderen Reihen standen vor den Matten Ständer für die Gebetsbücher. Novizen, die noch nicht lange im Kloster wohnten, hatten nur teilgeschorene Köpfe, mit einem langen schwarzen Haarschopf, während die Mönche als Zeichen der Demut kahl rasiert waren.

Hung war überrascht.
"Das ist ja eine eindrucksvolle Anlage, so etwas habe ich in Deutschland nicht erwartet. Und hier scheinen wirklich viele Vietnamesen zu leben."

Die Mönche trugen gelbe Kutten. Einer von ihnen schlug  pünktlich um acht Uhr mehrfach auf die große Glocke. Die Reuezeremonie begann.

11

Luc und Hung knieten nebeneinander auf ihren Matten, sie verbeugten sich vor dem Buddha, standen auf, knieten erneut und rezitierten einen Teil der Texte, die die Mönche vorgaben. Gemeinsam mit dem Abt standen und knieten die Mönche direkt vor der Statue.

In der Gebetshalle herrschte eine erhabene Atmosphäre, hier in der Stille konnten sie neue Kräfte schöpfen. Luc und Hung fühlten, dass sie diese Zeremonie noch enger miteinander verband. Geistig gestärkt gingen sie in das untere Geschoß des Klosters, in die Mehrzweckhalle, um zusammen mit Hunderten von vietnamesischen Familien an den kleinen Imbissständen warme vegetarische Gerichte und alkoholfreie Getränke zu kaufen.
Die Sitze auf den Holzbänken waren schnell besetzt, sie hatten Glück, freie Plätze zu bekommen. Es war laut und eng, Kinder tobten durch den Saal, spielten miteinander, schossen Bälle. Man traf Freunde und Bekannte, die man lange nicht mehr gesehen hatte, es kam zu lebhaften, gestenreichen Unterhaltungen. Während des TET Festes wurde das Kloster zu einem Zentrum der Begegnung, nicht nur von Vietnamesen aus Hannover, sondern aus vielen Teilen Deutschlands.

Vor der Bühne standen hohe Lautsprecher, aus denen laute vietnamesische Musik ertönte. Die Besucher waren leger gekleidet, viele trugen Jeans und Pullover, nur ganz vereinzelt Jacken und Krawatten, das entsprach der unkomplizierten, fast chaotischen Atmosphäre. Luc war schon im Vorjahr beim TET-Fest in Hannover gewesen, so hatten sie kein Problem sich anzupassen. Aber welch ein Unterschied zu der feierlichen Stimmung im Gebetsraum!

4

Nguyen Thi Anh hatte Verständnis für den Wunsch der Brüder, zunächst alleine zu sein und erst nach zwei Tagen die Familie in Hamburg zu treffen.

Anh sah deutlich jünger aus als vierzig. Sie trug ihr schwarzes Haar glatt und lang und liebte Hosenanzüge mit farbenfrohen Blusen. Sie hatte besonders hohe Backenknochen und ausgeprägte Mandelaugen. Ihre Sprache verriet ihre nord-vietnamesische Herkunft.

Als Luc seine Frau vorstellte und ihre kleine Tochter, die sie Lan, Orchidee, nannten, hatte Hung gleich den Eindruck, dass er willkommen sei. Sie war nicht so verschlossen, so konservativ, wie er befürchtet hatte. Sie kam ja aus Hanoi und dort seien die Menschen viel reservierter, so sagte man in Saigon.

"Hung, du bist unser erster Besucher im neuen Jahr, das freut uns alle, so können wir ein glückliches Jahr erwarten."

Hung war überrascht von dem sauberen, ruhigen Apartment in einer Nebenstraße der Hoheluftchaussee in Hamburg. Er hatte eine kleinere und einfachere Wohnung erwartet. Helle Möbel aus Fichtenholz schufen eine freundliche Atmosphäre. Auf dem Flur, direkt gegenüber der Eingangstür, stand ein Aquarium mit einem Schwarm kleiner roter Neonfische, die im Lampenlicht leuchteten.

Und Anh hatte alle Räume mit Forsythien zum neuen Jahr geschmückt.

13

"Die hat meine Freundin Mee aus Holland importiert, hier kann man noch keine Forsythien kaufen, es ist noch zu früh im Jahr. Aber Forsythien zum neuen Jahr bringen nicht nur Farbe in unser Haus, sondern auch Glück."

Anh erinnerte sich ihrer Jugend in Hanoi. Im Januar und Februar, zur Zeit des TET-Festes, war es meistens trüb und grau, dunstige Tage mit Nieselregen. Wie schön war dann das Blumenmeer der Verkaufsstände, lange Straßen der Farbenpracht, die rosafarbenen Pfirsichblüten, die gelben Früchte der Kumquat Bäumchen, dieser Blütenduft, diese Hoffnung auf den Frühling. Dazu die vielen Menschen, die sich durch die Altstadt schoben, um Blumen und Räucherstäbchen für das Fest zu kaufen. Anh wischte sich verstohlen eine Träne aus dem Gesicht. Niemand hatte das bemerkt.

Im Wohnzimmer hing ein großes rotes Band mit goldener Schrift, mit Segenssprüchen für das neue Jahr.

"Bei uns in Hanoi liebt man Pfirsichblüten, aber die konnte ich hier nicht auftreiben. Dafür freuen wir uns über den kleinen Kumquat Baum mit den orangegelben Glücksfrüchten."

Hung schlief bequem im Wohnzimmer. Gleich nach dem Frühstück fuhr Luc seinen Bruder in das kleine chinesisch- vietnamesische Restaurant, mehr ein Imbiss mit Sitzgelegenheiten, das er zusammen mit einem chinesischen Freund vor drei Jahren eröffnet hatte.

Anh hatte sich Mühe gegeben, Hung ein vietnamesisches Frühstück zu servieren, obwohl Anh und Luc sich inzwischen an Brötchen und Toast

14

gewöhnt hatten. So aßen sie Pho Bo, eine Suppe mit weißen Reisnudeln und Rindfleisch, die auch Luc gut schmeckte.

Luc hatte schon in Saigon gerne gekocht und noch lieber gegessen. In Hamburg arbeitete er viele Jahre als Kellner und später als Koch in dem chinesischen Restaurant, das Hai gehörte, seinem "Onkel", einem entfernten Verwandten aus Vietnam; Jahre, in denen er bescheiden lebte und Geld sparte, Geld für seine Familie in Saigon und für das eigene Restaurant, von dem er träumte.

Lee, seinen Partner, hatte er zufällig kennengelernt. Er kam ursprünglich aus Hong Kong und lebte schon viele Jahre in Hamburg. Anh aß gelegentlich mittags in seinem Imbiss eine Nudelsuppe. Eines Tages erzählte Lee beiläufig, dass er den Imbiss gerne zu einem kleinen Restaurant erweitern wolle. Leider aber reichten dafür seine Ersparnisse nicht und so suche er einen kompetenten Partner. Noch am selben Abend erzählte sie Luc davon, sie diskutierten und rechneten fast die ganze Nacht.

So kam es, dass Luc am nächsten Tag Lee direkt ansprach.
"Ich arbeite seit Jahren als Koch bei Hai und spare Monat für Monat, um möglichst bald ein eigenes Restaurant zu eröffnen."
Sie redeten in Kantonesisch, Lee beherrschte zwar Englisch, aber nur wenige Sätze Deutsch. Sie waren sich sofort sympathisch und besprachen noch am selben Tag alle Details. Sie einigten sich schnell, und Luc hatte diesen Entschluss nie bereut.

Luc sprach fließend Deutsch und hatte sich nach der Flucht rasch in die ungewohnte Umgebung integriert. Er war noch heute dankbar, dass er so

15

freundlich aufgenommen wurde: Das Rote Kreuz half, er wurde psychologisch beraten, um das Trauma der Flucht zu überwinden, kostenlose Sprachkurse wurden vermittelt und erste finanzielle Starthilfen gewährt. Er konnte sofort bei seinem Onkel arbeiten, das stärkte sein Selbstvertrauen. Und schon nach wenigen Jahren war er eingebürgert. Aber seine vietnamesischen Wurzeln, seine Familie in Ho Chi Minh City wollte und konnte er nicht vergessen.

5

Da war sein Elternhaus in Cho Lon, der ausgedehnten und lebhaften Schwesterstadt von Saigon, dem "großen Markt". In Ho Chi Minh City wurde sie zum fünften Distrikt der Mega-Stadt, an deren neuen Namen sich Luc noch immer nicht gewöhnt hatte. In der Erinnerung wuchsen die kleinen Zimmer des Hauses zu schmucken Salons, der kleine Esstisch zu einem kunstvoll polierten Juwel, und das Wohnzimmer beherrschte ein alter blauer Teppich mit Drachenmuster.

Über der Anrichte hing ein vergilbtes, farbenfrohes Bild des Konfutse. Auf dem kleinen Familienschrein standen zwei Öllampen und mehrere Weihrauchkerzen, dahinter die hölzernen Ahnentäfelchen und die alten Familienfotos. Seine Mutter rückte die Fotos immer wieder gerade und sorgte dafür, dass vor dem Schrein stets frisches Wasser und Obst standen.

In dem Haus wohnten auch Hung und früher die Großeltern. Es war ein schmaler Bau, zwei enge Stockwerke, eine steile Stiege führte nach oben. In dem obersten Stockwerk konnte Luc die breite Straße sehen, die Autos und Fußgänger und die bescheidenen Nachbargebäude der Nguyen Trai Straße.

16

Luc fühlte sich als Vietnamese, aber auch als Chinese. Immer hatte er chinesisch gelebt, vorwiegend chinesisch gegessen, seine engsten Freunde waren Chinesen. Wie selbstverständlich sprach er außerhalb des Hauses vietnamesisch, mit seinen Eltern jedoch Mandarin oder Kantonesisch, die Sprache seines Vaters.

Die Mehrzahl der Kunden waren Hoa, Chinesen wie er, viele ursprünglich aus der Provinz Fujian. Die Familie seines Vaters stammte jedoch aus Guangzhou. Am Ende der Ming-Dynastie, etwa um 1640, kamen seine Vorfahren über Faifo, dem modernen Hôi An, nach Cho Lon und andere Orte in Südostasien. Luc hatte Verwandte in Malacca und Singapore, sogar in Europa, und ein Onkel wohnte noch immer in Hôi An, der alten chinesischen Handelsstadt in der Nähe von Da Nang.

Seine Mutter war in Wuhan geboren, der chinesischen Millionenstadt in der Provinz Hubei. In Cho Lon war das selten, nie sprachen die Eltern darüber. Aber es hieß, sie hätten sich anlässlich eines Banketts für einen Ingenieur aus Wuhan kennen gelernt, der mit seiner Frau, seinem Sohn und seiner Tochter nach Cho Lon gekommen war, um mit Mr. Le und anderen prominenten Händlern über Exportkontrakte zu verhandeln. Das war noch viele Jahre vor der Kulturrevolution. Die jungen Leute hatten sofort ein Auge füreinander, und bald schon empfanden beide Familien den Familienzusammenschluss als angemessen und für beide Seiten nützlich.

Seine Mutter erinnerte sich noch häufig an ihre Jugendzeit in Wuhan, der großen Industriestadt am Jangtsekiang. Als Luc vier oder fünf Jahre alt war, hörte er zum ersten Mal die alte Legende des gelben Kranichs. Die Mutter zeigte ihm ein leicht vergilbtes, unscharfes Schwarz-Weiß-Foto einer Pagode.

"Sie war hinter unserem Haus am Horizont zu erkennen."

Hinter vorgehaltener Hand wischte sie sich eine Träne aus den Augen. Mit verschwommenen Augen blickte sie lange auf das zerknitterte Bild.

"Das ist alles, was mir von der Heimat blieb."

Ihre Stimme war ganz leise geworden.

Luc fragte sich manchmal, ob seine Mutter das Foto wohl noch immer besaß und es ab und zu betrachtete. Wahrscheinlich.

Auf dem Hügel, der noch heute von der nach alten Vorlagen wiedererbauten Pagode gekrönt ist, befand sich einst ein kleiner Laden, in dem Wein ausgeschenkt wurde. Immer wieder kam ein alter, gebrechlicher Mann, trank ein Glas Wein, vergaß zu bezahlen und ging mit gesenktem Kopf. Der Inhaber hatte Mitleid und ließ ihn ziehen.

Eines Tages malte der alte Mann mit einer Orangenschale einen Kranich an die Wand des Ladens, als Dank für die Großzügigkeit des Wirtes.

Am nächsten Tag staunten die Gäste. Waren sie so schnell von dem Wein betrunken? War dies eine neue Sorte? Das konnte doch nicht sein, der Geschmack war geblieben. Die Sage ging, dass sich der Kranich verkörperte und mit den Gästen tanzte. Als Luc etwas älter wurde, konnte er das nicht so recht glauben, aber seine Mutter hielt an dem Mythos fest.

Diese Magie war bald das Tagesgespräch von Wuhan. Jeden Abend war der Weinladen überfüllt, es wurde lebhaft diskutiert und getrunken, die Gäste fanden kaum mehr Platz zum Stehen. Der Besitzer verdiente viel Geld und wurde von Tag zu Tag reicher. Er vermisste den Alten, er hatte sich so sehr an sein freundliches Gesicht gewöhnt.

Dann, eines Tages, Jahrzehnte später, kam der alte Mann zurück, bestieg wortlos den gelben Kranich und ritt in das Blau des Himmels, bis er hinter weißen Wolken verschwand.

Der Besitzer aber ließ neben seinem Laden als Dank und zur Erinnerung eine herrliche Pagode bauen und nannte sie Huanghe Turm, Gelbe Kranich Pagode. Seitdem haben immer wieder Dichter die Pagode besungen.

Seine Mutter liebte diese Legende, sie erzählte sie immer wieder mit ähnlichen Worten und rezitierte die Gedichte von Cui Hao und Li Bai aus der Tang-Dynastie des 8. Jahrhunderts. Nicht nur Luc, auch Hung war ein dankbarer Zuhörer. Die Geschichte hatte so etwas Mystisches und Geheimnisvolles und die Mutter erzählte mit großer Wärme und viel Pathos. So ließen sie sich von der Legende jedes Mal aufs Neue gefangen nehmen.

Luc besuchte gerne die chinesische Schule. Er fuhr täglich die kurze Strecke mit einem Cyclo, einer Fahrradrikscha. Der alte Fahrer wartete schon vor seinem Haus, allmählich wurde er wie ein Onkel für ihn. Und in der Schule konnte er seine Freunde treffen. Er war schon immer extrovertiert gewesen, er liebte es, möglichst viele Freunde um sich zu haben und im Mittelpunkt zu stehen.

Um seine Schulkameraden zu begeistern, erdachte er sich abenteuerliche Geschichten, die er während der Schulpausen erzählte: "Auf unserem Dachboden habe ich ein vergilbtes Tagebuch gefunden. Das handelte von ganz alten Zeiten, als meine Vorfahren große Heerführer waren. Als ich es meinem Vater zeigte, wurde er böse. Ich musste es wieder in die alte Truhe zurücklegen."
Die Freunde hörten gebannt zu.

Später arbeitete er in dem Geschäft seines Vaters, im Erdgeschoss ihres Wohnhauses, mit kleiner Ladenfront zur Straße. Dort hatte schon der Großvater Eisenwaren verkauft: Nägel, Schrauben, Bolzen, Riegel, auch Türgriffe und allerlei Möbelbeschläge. Er lernte schnell die Produktnummern, die Preise, kannte bald die Stammkunden. Ja, die Arbeit gefiel ihm. Luc war beliebt bei den Kunden, er sah gut aus, war groß, muskulös, immer lächelte er freundlich, nahm sich Zeit für die jüngsten Anekdoten aus Cho Lon.

Sie waren nicht eigentlich wohlhabend, aber kamen gut zurecht. Sie lebten sparsam, arbeiteten sieben Tage in der Woche. Und da waren auch noch die Reisfelder außerhalb der Stadt. Sicherlich, das war vor allem eine Aufgabe für Phuc, einen der jüngeren Brüder des Vaters, der sich um die

Lohnarbeiter kümmerte, zur Pflanzzeit, zur Ernte, aber auch der Vater und manchmal sogar Luc mussten die Saat und die Felder inspizieren und beim Verkauf der Ernte helfen.

Während der Woche arbeiteten sie hart. Hung und er, ihr noch immer rüstiger Vater, die Mutter, die an der Kasse saß, die Familienfinanzen verwaltete und auch sonst alles im Griff hatte. Ihrem Blick entging nicht das kleinste Detail im Laden. Lediglich am Sonntag war das Geschäft nur halbtags geöffnet, da wurde geputzt, wurden Waren umsortiert, die Einkäufe überprüft.

7

An einigen Sonntagen war weniger zu tun, Luc und Hung lösten sich bei der Arbeit ab. War er der Glückliche, traf er sich häufig mit seinen Freunden in der Hoi Quan Tam Son Versammlungshalle, die nicht sehr weit entfernt von ihrem Haus lag. Der Tempel war der Fruchtbarkeitsgöttin Me Sanh gewidmet und diente eigentlich der Fukien Gemeinde als Treffpunkt. Am Vormittag und frühen Nachmittag trafen sich dort vor allem Frauen, die zu der Göttin beteten, die aber auch miteinander plauderten, aßen und Tee schlürften.

Die Männer kamen etwas später am Tag, des Abends stapelten sich im Hof die leeren Bierkästen. Luc und seine Freunde konnten dort ungestört diskutieren und etwas essen. Vor dem Tempel saßen sonntags Männer auf Hockern und spielten mit kleinen Spielsteinen chinesisches Schach. Zwei Schuster, die auf der Straße ohne richtiges Werkzeug Schuhe reparierten, hatten immer gut zu tun.

21

Blieb genügend Zeit, besuchte Luc seinen Schulfreund Pham Dong Nam, den er nur Nam nannte. Sein Elternhaus hatte einen kleinen Hof, in dem sie einfache Gerichte im Wok kochen konnten. Das wurde immer mehr zu einer Leidenschaft und hier war es auch, wo Luc kochen lernte, was ihm später in Hamburg so sehr zu Nutzen war. Natürlich ahnte er damals noch nichts von seiner späteren Karriere …

Sie saßen auf kleinen Schemeln, in kurzen Hosen, ganz entspannt, spiralförmige Räucherkerzen glimmten. Sie blickten auf den blassblauen Himmel, der an heißen Tagen fast weiß erschien, verjagten die trägen Tauben, sprachen über belanglose Dinge, über das Wetter, über besonders aufdringliche oder freundliche Kunden mit ungewöhnlichen Wünschen oder einfach über den neuesten Familientratsch der Nachbarn.

Anschließend bummelten sie durch den Trubel von Cho Lon, hier gab es immer etwas zu bestaunen, zu kritisieren. Auf dem Obstmarkt kauften sie stachelige, leuchtend rote Rambutans und auberginefarbene Mangostine, kleine leckere Bananen und während der Saison saftige Papayas. An einem kleinen Stand spendierten sie sich frischen, eisgekühlten Zuckerrohrsaft. Am Nachmittag wurden die kleinen chinesischen Altäre mit Blumen und Mandarinen geschmückt.

Luc liebte die süßen Kuchen aus den traditionellen Backstuben, manchmal konnte man noch den Rauch schmecken. Ihn störte das nicht. Wenn sie etwas mehr Geld hatten, kauften sie sich duftende Baguettes in einer der französischen Bäckereien in der Trieu Quan Phuc Straße.

Die älteren Männer spielten Mahjong, das Klappern der Steine war die Musik träger Sonntage. Ab und zu drangen hitzige Wortfetzen bis zur Straße, bei dem Spiel wurde eifrig gewettet. Es gab auch noch schlimmere Sünden, von denen sie gehört hatten, die sie aber nicht reizten. Luc und Nam wetteten nicht, spielten auch keine Karten.

Nam, sein bester Freund, arbeitete während der Woche in der elterlichen Apotheke für chinesische Medizin in der Hai Thuong Lan Ong Straße, die nach einem berühmten Arzt benannt war. Die Apotheke war schon von weitem zu sehen und zu riechen. Hier musste er noch viel lernen, sein Vater war ein geduldiger Lehrmeister.

Auf dem Gehweg standen große Säcke mit getrockneten Pilzen und anderen geheimnisvollen Ingredienzien. Einige Säcke waren fest verschnürt, kleinere Händler holten diese ab, transportierten sie auf Mopeds und gelegentlich sogar noch auf Fahrrädern. Neben dem Geschäft saßen Männer auf weißroten Plastikschemeln, tranken Tee oder lasen in der Zeitung.

In die Apotheke kamen zu jeder Tageszeit Kunden, Händler und Privatpersonen. Der Laden war bis zur Decke mit Produkten voll gestopft. Es war eng und heiß. Duoc Le war bekannt für gute Ware und korrekte Preise. Dort mischte Nam an seinen Arbeitstagen stundenlang Berge von Kräutern und geriebenen Wurzeln zu Medikamenten, die er in kleine Plastiktüten abpackte.

Luc erinnerte sich an das Tet Thong Tan Fest vor zwei Jahren, am 10. Tage des 10. Mondmonats, wo er überrascht war, eine große Menschenmenge in

23

der Apotheke zu sehen. Nam hatte gelacht und ihm erzählt, dass dies nach einer alten Legende ein ganz besonderer Tag sei, an dem die Heilkräuter ungewöhnlich stark wirkten. Zudem sei es nützlich, seinem Hausarzt ein Geschenk zu überreichen. Und er setzte lachend hinzu: "Eigentlich ist mein Vater ja auch Arzt."

Sie schlenderten an der Apotheke vorbei, Luc begrüßte den leicht gebeugten, hageren Vater, der immer ein freundliches Wort für seine Kunden hatte. Stolz zeigte er ihnen die neuen Fische in seinem Aquarium. Es ging den Fischen gut, also brachten sie auch seiner Familie, seinem Clan eine gesunde, eine glückliche Zeit.

Gelegentlich fuhren sie in das ruhigere Saigon, saßen in einem Straßencafe im Schatten der Tamarindenbäume, kommentierten die sexy Kleider der Vietnamesinnen, die traditionellen Ao Dai, die damals noch häufig getragen wurden, knabberten Sonnenblumenkerne und tranken eisgekühlte Fruchtsäfte. Manchmal sahen sie Franzosen, die freundlich und immer ein bisschen distanziert waren. An die Gruppen lauter amerikanischer GIs hatten sie sich schon gewöhnt. Einer der populären Jugendorganisationen wollten sie sich nicht anschließen, sie fühlten sich wohler im kleinen Kreis der Freunde.

Abends fuhren sie zurück nach Cho Lon, mieden das Risiko, besuchten keinen der verräucherten illegalen Clubs, in denen zu später Stunde der Opiumduft süßlich in der Luft hing.

## 8

Am Todestag des Großvaters traf sich der gesamte Familien-Clan zu einer besonderen Zeremonie, die der Vater anführte. Die Großmutter war schon früher von ihnen gegangen. Die ganze Familie stand an diesem Morgen sehr früh auf, das Geschäft wurde etwas später geöffnet. Der Vater schritt langsam zu dem geschmückten Ahnenaltar, gefolgt von seinen Brüdern, seinen Söhnen, seiner Frau. Jeder zündete Räucherkerzen an. Der Vater verbrannte Papiergeld und verschiedene Gegenstände, aus Papier geformt, die der Großvater besonders geschätzt hatte.

Für den Vater waren die Ahnenverehrung und die Achtung des Alters ganz selbstverständlich. Obwohl Buddhist, war für ihn die konfuzianische Morallehre Teil des Alltags. Er hatte stets seine Eltern geachtet und deren Autorität anerkannt. So erwartete er auch von Luc und Hung, dass diese sich seinem Wort unterordneten.

Luc erinnerte sich an den Vater als kraftvollen, von innerer und äußerer Stärke geprägten Mann. Seine Autorität war selbstverständlich. Sein plötzlicher Tod vor neun Jahren war für ihn noch immer nicht fassbar, er verdrängte ihn, weil er ihn nicht verstand. Als er von seinem Tod hörte, errichtete er ihm in seiner Wohnung in Hamburg einen kleinen Ahnenaltar, bedeckte ein Regal mit einem roten Tuch, stellte darauf das Foto seines Vaters und davor eine Schale mit Räucherstäbchen. Jeden Morgen verbeugte er sich vor dem Altar und zündete Räucherkerzen an.
Hung folgte seinem Beispiel. Auch er hatte den Vater geliebt und geachtet.

Als Luc ihn nach den näheren Einzelheiten seiner letzten Tage befragte, gab Hung gerne Auskunft. Dieses Gespräch würde auch ihm Erleichterung bringen, denn mit der Mutter konnte er nicht darüber sprechen, für sie war das alles noch zu schmerzhaft.

"Ba war plötzlich alt geworden. Der Niedergang seiner Firma, die akute Existenzsorge, nicht nur für ihn, nein, für seine Familie, für uns, konnte er nicht verkraften. Er wurde immer stiller, in sich gekehrter, er ging des Nachmittags in den Park, saß auf einer Bank, traf sich mit anderen älteren Männern, interessierte sich für Singvögel, gab einen Teil seiner wenigen Ersparnisse für einen besonders schönen Vogel aus und trug diesen am Abend oder an Feiertagen zu einem Treffpunkt Gleichgesinnter.

Sonntagmorgens stand er zeitig auf, um seinen Vogel zu Gesangswettbewerben zu bringen. Dort saß Ba dann auf dem Rasen, lauschte dem Gesang und war glücklich. Ich glaube, das waren seine letzten Glücksmomente, die ihm halfen, die unruhige Zeit zu meistern."

An einem Sonntag, am frühen Morgen, traf Hung ihn ganz unerwartet. In der dämmrigen Stunde des Erwachens saß er mit einem Freund auf der Parkbank. Sie schwiegen, genossen die Kühle des Morgens. Ein winziger Kolibri besuchte sie, schwirrte in der Luft, setzte sich auf einen großen Baum, wo ihn nur ein geschultes Auge sehen konnte. Ältere Männer und Frauen führten nach einem unhörbaren Rhythmus ihre Tai Chi Übungen aus. Die Stadt erwachte in kleinen Schritten. Eine leichte Brise wehte vom Meer, die Hitze wartete auf den Sonnenaufgang.

Es war Sommer, mit dem Sonnenaufgang kam das gleißende Licht, das zu schnell fast senkrecht auf das Land zu fallen schien. Schwarze, drückende Wolken zogen auf, Licht und Dunkel im Wechselspiel. Der Vater und sein Freund hatten ihre Käfige mit den Singvögeln an einen Ast gehängt, dicht beieinander, verklärte Blicke trafen von Zeit zu Zeit die Vögel. Der Kolibri war nicht mehr zu sehen.

"Ah, Hung, siehst du die zwei Vögel, in jedem Käfig ein Vogel, sie sehen sich an, ersehnen sich, versuchen sich im Gesang zu überstimmen."

Hung war neugierig, setzte sich zu seinem Vater. Es war einer der wenigen freien Tage für ihn und er traf seinen Vater in den letzten Wochen so selten, zu selten.

"Wie lassen sich bei einem Gesangswettbewerb die Sieger ermitteln?"
Der Vater pfiff eine Melodie, betont lange, melancholisch. Hung hatte seinen Vater noch nie pfeifen gehört.
"Je länger der Ton, desto höher die Benotung."
Hung erahnte die Faszination der sonntäglichen Wettbewerbe, die die Senioren stundenlang in ihren Bann zogen.

Und dann, nach einer längeren Pause, setzte der Vater hinzu: "Die Vögel schmachten nach einem Partner, je größer die Sehnsucht, desto länger der Gesang. Die zwei Käfige hängen dicht beieinander, die Vögel können sich fast erreichen, aber nur fast."

Der Vater schwieg. Und dann brach es aus ihm heraus:

"Ich verstehe nicht, warum die Vögel so gequält werden, sie verzehren sich nach einem Partner, nein, man sollte Pärchen in einem Käfig zusammen lassen, das ist doch nur natürlich, auch wir Menschen brauchen einen Partner. Vielleicht sollte man den Wettbewerb ändern."

Hung lächelte, der Vater blickte ernst. Hung hatte einen Vorschlag.
"Ba", sagte er, "der Gesang könnte doch auf einer Kassette aufgenommen werden, um sie den Vögeln vorzuspielen. Das sollte die Tiere zu besonderen Leistungen animieren."
Da lachte auch der Vater: "Ein guter Vorschlag. Ich sehe die Jury vor mir, wie sie sich an endlosen Tönen ergötzt."

Der Vater schwieg. Hung wollte gehen, aber nicht so abrupt. In der aufkommenden Brise nickten sich die Palmen zu. Alle Bäume zitterten wie erlöst. Das schwere Weiß des Himmels wich dem Blau der späten Stunde.
"Sobald ich es ermöglichen kann, kaufe ich dir einen Partner für deinen Singvogel."

Aber es kam nicht mehr dazu. Der Vater starb drei Tage später.

9

Luc war noch sehr jung, als er mit dem Vater und Hung nach Hôi An fuhr, um den Onkel zu besuchen, der fünfzig Jahre alt wurde. Für Luc wurde es zu einer starken, einer bleibenden Erinnerung, die einzige längere Reise mit seinem Vater, die einzige lange Zugfahrt in Vietnam. Damals war Hôi An noch nicht Weltkulturerbe der UNESCO, noch nicht ein überlaufenes Zentrum für Touristen.

1535 von den Portugiesen gegründet, wurde die Stadt von Chinesen und Japanern zu einem wichtigen Handelshafen ausgebaut. Als gegen Ende des 18. Jahrhunderts die Flussmündung versandete und Zentralvietnam von politischen Unruhen erschüttert wurde, verließ die Familie Le die Stadt und zog nach Malacca und später nach Cho Lon.

Nur Le Van Tham, einer der jüngeren Brüder des Vaters, blieb in Hôi An, verkaufte Antiquitäten und bewahrte die Familientradition.
"Es wird Zeit, dass ihr mehr über unsere Familie erfahrt."
Luc und Hung war das nur lieb, sie empfanden die Reise als Abenteuer, nicht so sehr als eine Lehrstunde, wie der Vater es wünschte. Einmal im Jahr reiste der Vater nach Hôi An. Als der Älteste der Brüder war es seine Pflicht, den Clan zusammenzuhalten.

Tham, der Onkel, begrüßte sie am Busbahnhof. In Da Nang waren sie in einen Bus umgestiegen, für die kurze Fahrt nach Hôi An.

Nach der Hektik und dem Lärm von Cho Lon empfand Luc die kleine Stadt als wohltuend ruhig. Niedrige, ockerfarbene Häuser, wenige Läden, ab und zu ein prunkvolles, chinesisch anmutendes Tor mit breiter Einfahrt, mit Dachziegeln, in denen sich das Sonnenlicht spiegelte.

Der Onkel erklärte: "Das sind die chinesischen Versammlungshäuser, vor Jahrhunderten gebaut, einst die Zentren, wo sich die Händler trafen und Erfahrungen austauschten. Noch heute sind geistiger Mittelpunkt unserer

29

Clans. Wir werden später unsere kantonesische Versammlungshalle besuchen."

Luc hatte nur eine vage Vorstellung von dem ehrwürdigen Familienhaus der Le Familie, er stellte es sich alt, verwohnt und groß vor. Die Wirklichkeit indes sah anders aus. Der Eingang war eher bescheiden, eine schmale Straßenfront ohne Vorgarten, ein geducktes Haus in einer engen, ruhigen Straße mit wenigen Passanten.

Der Onkel öffnete die Tür. Im Halbdunkel wurden sie von seiner Frau und drei kleinen, schüchternen Kindern begrüßt. Die Tante trug einen dunkelgrünen Hosenanzug, die Haare streng nach oben gesteckt, und machte ein ernstes Gesicht.
"Willkommen, ihr müsst müde sein nach der langen Reise."

Sie saßen auf alten, prunkvollen Holzsesseln, die Rückenlehnen mit kunstvollen Ranken geschnitzt, dunkles, poliertes Holz, die Sitze waren hart, unbequem und wirkten formell. Das waren wohl alte Familienerbstücke, vermutete Luc.

Er gewöhnte sich langsam an das Dunkel des Hauses, betrachtete die Holzpaneele an den Seiten, auch sie aus dunklem Holz. Im Hintergrund stand der Hausaltar mit vielen Ahnentafeln. Auch die Deckenleuchten waren aus Holz, in runder Form, Symbole der Fruchtbarkeit. Die Decke war holzgetäfelt. Die Stützbalken hatte man rundum verkleidet, auf dem dunklen Holz wand sich ein Glücksdrache, den man nur zum Teil sehen konnte, der andere Teil schwebte in angedeuteten Wolken. Alles roch nach vergangenen Zeiten und nach Tradition. Der Raum war kühl und dunkel.

Der Onkel war klein, noch dicker als sein Vater, trug eine breite Hornbrille, seine Haare waren stark gelichtet. Mit seinem Vater sprach er betont höflich.

"Das Fest ist erst morgen, wir erwarten mehr als dreißig Gäste, auch der Onkel aus Singapore wird kommen, mit seiner ganzen Familie. Ihr schlaft natürlich hier im Haus, auch die anderen Besucher werden wir unterbringen, hier und im Haus meines Schwagers."

Sie schlürften grünen chinesischen Tee. Die Tassen und die Kanne standen auf einem sehr niedrigen Glastisch, Luc musste sich jedes Mal bücken, um die Tasse zu erreichen. Um seine Beine strich eine Katze. Er traute sich kaum etwas zu sagen. Auch Hung schwieg.

Der Onkel zeigte Luc ein altes Familienfotoalbum, vergilbte Bilder, Fotos von Ahnen, von Verwandten, die ihm wenig sagten, einige Namen hatte er gehört, andere waren ihm fremd. Alte, prunkvolle Gewänder, die Bilder wirkten steif, gestellt.
"Ong", der Onkel sprach seinen Bruder formell, respektvoll an,
"Ong, ich habe eine Überraschung für euch. In der alten Truhe fand ich noch ein Tagebuch unseres Urgroßvaters, gut leserlich, mit kleiner, sorgfältiger Schrift geschrieben, das hilft unseren Familienstammbaum zu ergänzen."

Sie sprachen Kantonesisch. Der Onkel beherrschte auch Mandarin, Vietnamesisch und Französisch.

Tham holte ein dickes, altes Buch mit braunem Einband und Goldschnitt hervor. Der Vater lächelte, setzte seine Brille auf, blätterte in dem Buch. "Eine wahre Fundgrube", sagte er schließlich.

10

Luc und Hung waren froh, als sie endlich aufstehen konnten, um das Haus zu erkunden. Truong, der älteste Sohn des Onkels lief voran, es machte ihm Spaß, den Fremden das Haus zu zeigen. Hinter dem dunklen Wohnzimmer befand sich ein kleiner Innenhof mit grünen Topfpflanzen. Hier war es hell und freundlich.

Dahinter schloss sich die Küche an, die ähnlich aussah wie bei ihnen in Cho Lon. Daneben waren eine einfache Toilette und ein Waschraum, eng, eher bescheiden, mit alten, verbrauchten Armaturen, die gewiss schwer zu putzen waren. Dann aber kamen die großen Lagerräume, in denen der Onkel seine Antiquitäten aufbewahrte.

Eine hohe, schwere Holztür riegelte das Haus nach hinten ab, Truong hatte Mühe, sie zu öffnen, gleißendes Licht erhellte den Raum, draußen brannte die Sonne und brach sich im Wasser des nahen Flusses. Früher war das praktisch, von den Lagerräumen konnte man die Waren direkt auf die Flussschiffe verladen. Die Familie Le handelte einst mit Tee und Seidenstoffen und wohl auch gelegentlich mit Arekanüssen.

Das Haus war schmal, aber sehr lang, wie viele der alten Kaufmannshäuser in Hôi An.

"Und, wo sind die Schlafräume?"

Truong ging zurück in dasWohnzimmer. In einer Ecke, ganz unauffällig, wand sich eine schmale Treppe nach oben. Dort befanden sich drei kleine Schlafzimmer, eng und muffig, mit niedrigen Decken und Böden aus Plastik anstelle von Stein. Hier war von dem Prunk des ehrwürdigen Wohnzimmers nichts zu spüren.

"Wir werden etwas essen, dann könnt ihr eine Weile ruhen."

Die Tante hatte sich Mühe gegeben. Sie saßen im Wohnzimmer, an einem langen, ovalen Holztisch mit chinesischen Speisen, würzig, vielfältig. Allmählich fühlte sich Luc entspannter.

Gegen Abend gingen sie dann in das kantonesische Versammlungshaus Hôi Quan Quang Dong, der Weg war nicht weit, es war nicht zu heiß, die Bäume spendeten Schatten. Der Onkel erläuterte: "Gebaut wurde es 1786, das war fast hundert Jahre später als das Haus der Fukien Gemeinde, die ja hier schon immer das Geschäft beherrschte. Auch ihr Versammlungshaus steht noch heute, wie auch die Hôi Quan der Hainanesen und Teochiu und eine allgemeine Halle für chinesische Seeleute, die jetzt aber als Schule dient."

Die kantonesische Halle war Quan Cong gewidmet, einem chinesischen General der Han-Dynastie aus dem 3. Jahrhundert, seine Statue schmückte die Rückseite der Halle. Luc sah sich die Statue ganz genau an: Rotes Gesicht, langer Bart, dicker Bauch. Da Quan Cong ehrlich und stets loyal war, blieb er bis heute Vorbild für viele Kantonesen.

Der Vater, der Onkel, die Tante, auch Luc und Hung zündeten Räucherkerzen vor dem Ahnenaltar an und betrachteten lange die vielen Ahnentafeln, auch die ihres Clans. Hier gedachten auch sie der vielen Generationen, die einst in Hôi An gelebt hatten, erst in dem alten Haus, dann in dem Haus, in dem jetzt der Onkel wohnte, und das erst vor 200 Jahren erbaut worden war. Hier hatten sich ihre Vorfahren getroffen, hier hatten sie diskutiert, gegessen und getrunken und wiederum ihrer Ahnen gedacht. Hier lebte noch die alte chinesische Tradition, obwohl in Hôi An inzwischen die Chinesen in der Minderheit waren.

Morgen, am Geburtstag des Onkels, würden sie erneut den Gedenktempel besuchen, sie alle, der ganze Clan, der sich in Hôi An traf. So war die Halle auch heute noch mit Leben erfüllt, nicht mehr als Versammlungsort, sondern als Zentrum des Gedenkens an die vielen Generationen, die vor ihnen hier gelebt hatten.

Luc besichtigte in Ruhe das Versammlungshaus, den Hof mit den vielen Topfpflanzen, die bunten Kacheln und Verzierungen, die Yin und Yang-Symbole mit glücksbringenden Chrysanthemenmustern. Die Halle hatte, wie die ganze Stadt Hôi An, den vietnamesischen Krieg gegen die französischen Kolonialisten unversehrt überstanden.

Da waren auch Drachen und Karpfen, fein aus Stein gearbeitet und bunt glasiert. Luc kannte die alte chinesische Sage. Drachen und Karpfen, das waren Sinnbilder für Reichtum und Erfolg, das Lebensziel vieler Chinesen, das sie seit Generationen mit unermüdlichem Fleiß anstrebten. Um im alten China die Mandarinprüfung zu bestehen, mussten die Schüler intensiv lernen und vor jedem der drei Tore im Prüfungstempel ein anspruchsvolles Examen ablegen.

Der Karpfen strebte danach, sich in einen Drachen zu verwandeln, um unsterblich zu werden. Um das zu erreichen, brauchte er viel Ausdauer. Auch er musste drei Tore passieren. Im Versammlungshaus war die Verwandlung des Karpfens in einen Drachen bildlich dargestellt, um daran zu erinnern, dass der Erfolg im Leben erst mühsam verdient werden musste. Der Vater hatte Luc und Hung immer wieder dazu ermahnt.

Vom Versammlungshaus gingen sie langsam zurück, durch die engen Gassen zum Cho Hôi An Markt, der direkt am Thu Bon Fluss lag. Hier wurden morgens vor allem Fische verkauft. Auf dem Fluss sah Luc zum ersten Mal die Thung Chai, kleine, runde korbähnliche Boote, die von den Fischern gesteuert wurden.

Luc und Hung schliefen in einem der engen, stickigen Schlafzimmer. Es war eine unruhige Nacht. Mehrfach wachten sie auf, vom Wohnzimmer klangen laute Stimmen und Gelächter, weitere Gäste waren angekommen. Beim Frühstück lernten sie den Onkel aus Singapore kennen, einen großen und hageren Mann, der kaum mit ihnen sprach. Anschließend füllte sich das Wohnzimmer mit anderen entfernten Verwandten und Freunden von Tham, die Luc nicht kannte. Die gedämpfte Stimmung des Vortages war lauten und lebhaften Gesprächen gewichen.

Nach einem erneuten Besuch der kantonesischen Versammlungshalle trafen sich alle Gäste in einem großen chinesischen Restaurant. Onkel Tham hatte einen separaten Raum reserviert. Das üppige Festmahl dauerte viele

Stunden, bis zum frühen Abend. Zwischen den einzelnen Gängen tranken die Männer Bier der Marke 333 und ab und zu auch härtere Getränke.

Von Stunde zu Stunde wurden die Gespräche lauter. So viele Mitglieder des Familien-Clans trafen sich selten, und der Geburtstag des Onkels musste lebhaft gefeiert werden. Luc saß neben Truong, sie sprachen nur wenig miteinander. An den Diskussionen der Erwachsenen waren sie nicht beteiligt. Aber dennoch fühlte sich Luc stolz, Mitglied einer so großen Familie zu sein. Das war ihm in Saigon kaum bewusst gewesen.

Am Nachmittag des folgenden Tages fuhren sie mit dem Vater zurück in das quirlige Cho Lon.

## 11

Anfang 1962 war Luc 22 Jahre alt. Immer mehr fraß sich die Unruhe, die unsichere Zeit in die Gemüter. Es begann mit gelegentlichen Explosionen, in Saigon, in Cho Lon, das Reisen wurde immer riskanter, der Vater vermied Geschäfte in entlegenen Gegenden, wie sollte er die Außenstände eintreiben? Schon damals gab es ganze Provinzen, die des Nachts von der Befreiungsfront beherrscht wurden.

Noch waren Franzosen gegenwärtig, sie besaßen Restaurants in Saigon und große Plantagen in mehreren Provinzen. Irgendwie verstanden sie es, sich zu arrangieren. Aber die Angst und der Hass waren zu spüren. Viele Vietnamesen wurden misstrauischer. Luc sah immer mehr amerikanische Soldaten, zunächst in Zivil, dann aber auch offen in Uniform, die sich vor den Geschäften und Bars trafen. Noch war Französisch die vorherrschende

Fremdsprache, aber Luc und viele seiner Freunde lernten eifrig Englisch. Das Sprachengewirr nahm zu.

Die unruhige Zeit beeinflusste das Geschäft des Vaters nicht. Die Zahl der Kunden schien sogar zu steigen. Die Waren wurden knapp, der Vater war bemüht, neue Lieferungen zu ordern. Er freute sich, dass der Vertreter seines belgischen Lieferanten für Schlösser nach Saigon kommen wollte. Er kannte Monsieur Gautier seit vielen Jahren. Dieses Jahr hatte er jedoch seinen Sohn Pierre geschickt, denn er spürte immer mehr sein Alter, die langen Asienreisen ermüdeten ihn. Im nächsten Jahr wollte er ein letztes Mal kommen, um Long und seine anderen alten Freunde wiederzusehen. Pierre sei zwar noch sehr jung, doch habe er bereits viel von der Branche gelernt.

Der Vater war erfreut, dass Pierre ein ruhiger, sachlicher Vertreter war. Er kam aus Bangkok und Hong Kong. Saigon war die dritte Station seiner Asienreise. Einen schweren Koffer mit Mustern trug er mit sich und viele Kataloge mit Abbildungen der neuen Vorhangschlösser. Der Vater delegierte die ersten Gespräche an Luc. Sie waren fast gleichaltrig, Pierre nur zwei Jahre älter, sie hatten sich schnell gut verstanden. Pierre war voller Energie und neuer Ideen, das gefiel Luc. Stolz zeigte er sein Auftragsbuch aus Bangkok, dort liefen die Geschäfte gut, sein Vater würde staunen. Luc machten die Verhandlungen Spaß, die letzte Entscheidung über Modelle und Mengen traf jedoch der Vater.

Pierre wollte in Saigon den ersten Ruhetag seiner Reise einlegen, vor seinem Weiterflug nach Phnom Penh. Im Hotel hatte er bei Graham Greene von Tay Ninh gelesen und der eigenartigen Sekte der Cao Dai und ihren religiösen Zeremonien. Auch in der Broschüre "Was ist los in Saigon", die im Hotel in französischer und englischer Sprache auslag, wurde ein Ausflug nach Tay Ninh empfohlen. Er suchte den Ort auf der Landkarte, er war nicht weit von Saigon entfernt. Vielleicht wäre eine Fahrt nach Tay Ninh eine gute Idee für seinen freien Tag?

Pierre bat Luc um seinen Rat. "Was meinen Sie, soll ich einfach ein Taxi im Hotel buchen?" Luc überlegte. "Ich weiß nicht, ob eine Fahrt nach Tay Ninh sicher ist. Außerhalb von Saigon gibt es viele Rebellen. Aber ich kann meinen Freund Nam fragen, der kennt sich besser aus. Der Vater von Nam hat eine Apotheke, Nam hilft ihm bei der Arbeit und möchte auch Apotheker werden. Nam fährt den etwas verrosteten Renault seines Vaters. Ich glaube, er hat morgen seinen freien Tag. Vielleicht lässt sich da etwas arrangieren."

Pierre freute sich, als Luc und Nam am Abend in das Hotel kamen. Sie waren sich sofort sympathisch. Nam sprach etwas französisch und meinte, dass der Ausflug am Tag ungefährlich sei.

"Ich habe morgen Zeit, wir können zusammen fahren. Ich war noch nie in dem Tempel der Cao Dai Sekte, das wird auch für mich interessant. Allerdings müssen wir früh nach Saigon zurückkehren, denn nachts soll es in der Nähe von Tay Ninh Rebellen geben."
Auch Pierre wollte kein Risiko eingehen. Sie verabredeten sich am nächsten Morgen um 9 Uhr im Hotel.

Pierre saß auf der Terrasse des Continental Palace Hotels in der Rue Catinat in Saigon. Er hatte schon zeitig gefrühstückt, entspannte sich in der frischen Morgenluft und begab sich gedanklich auf die Spuren von Graham Greene. Pierre schätzte die morgenliche Ruhe. Gelegentlich sah er auf den Theaterplatz, der sich langsam belebte.

"Der stille Amerikaner" war eine anregende Lektüre. Pierre las das Buch mühelos auf Englisch. Er hatte noch zwei Stunden Zeit, bis Nam in das Hotel kommen wollte.

Der Cocktail schmeckte fad, eigentlich trank Pierre nicht gerne Mischgetränke und schon gar nicht so früh am Tag. Er hätte doch lieber ein einheimisches Bier bestellen sollen, wie am Vorabend. Der Kellner war schon betagt, faltiges Gesicht, perfekte Manieren, Höflichkeit der alten Zeit. Er war wohl schon während der Kolonialzeit in diesem renommierten Hotel. Pierre bewunderte die hohen Decken, die langen, luftigen Korridore, hier zogen noch Deckenventilatoren ihre langsamen Kreise. Am Nachmittag war die Terrasse überfüllt, ein Treffpunkt der Journalisten, der Gerüchte, der Intrigen.

Das Klima war anstrengend. Gestern hatte er pausenlos geschwitzt, es war ihm peinlich gewesen, aber Long und sein Sohn Luc schienen es nicht bemerkt zu haben. Er hatte natürlich wieder seine Kappe vergessen, bei dem kurzen Weg in der prallen Sonne wurde sein Gesicht puterrot und wahrscheinlich auch sein Kopf, den nur wenige dünne Haare schützten. Das war ihm eine Lehre, heute lag seine Kappe vor ihm auf dem Tisch.

Die Schuhputzjungen waren wohl auch Frühaufsteher. Sie standen in Scharen vor dem Hotel, die Terrasse durften sie nur dann betreten, wenn ein Gast sie zu sich winkte. Die alten Kellner beobachteten sie mit scharfem Blick. Pierre nickte einem der Jungen zu. Seine Schuhe waren noch staubig vom Vortag, er hatte vergessen, sie im Hotel putzen zu lassen. Der Junge nahm die Schuhe mit an den Straßenrand und gab Pierre ein Paar Plastik-Slipper. Dann zauberte er neuen Glanz auf das Leder.

Über die Cao Dai Religion hatte Pierre schon früher gelesen, nicht erst bei Graham Greene. Cao Dai, das hieß soviel wie "Großer Palast", eine straff organisierte Kombination von Konfuzianismus, Buddhismus und Taoismus, mit einer Struktur, die der katholischen Kirche angelehnt war, einer Symbiose westlicher und östlicher Ideen, mit einem Schuss Mystik und dem Anspruch, die ideale Religion zu sein.

Ihr Zentrum lag östlich der Provinzstadt Tay Ninh, nur 80 km von Saigon entfernt, nahe der Grenze zu Kambodscha. Im Dorf Long Hoa befand sich der "Heilige Stuhl", Sitz der Religionsgemeinschaft und Hauptkathedrale. Gegründet wurde sie 1926 von Ngo Van Chieu, der schon 1919 auf der Insel Phu Quoc in Trance Cao Dai das höchste Wesen traf und dann viele Jahre lang Visionen hatte.

Pierre hatte gelesen, dass die Religion zwei bis drei Millionen Anhänger vor allem im Süden, aber auch in Zentralvietnam hatte. In Südvietnam lebten mehr als 5000 Priester in 500 zum Teil sehr kleinen Tempeln. In der Provinz

Tay Ninh waren sie so etwas wie ein Staat im Staat, eine strenge zeremonielle Organisation, mit eigenen Schulen, Krankenhäusern, Werkstätten und Reisfeldern. Besuchern gegenüber seien die Priester und Laien freundlich und auskunftsbereit. Aber die Cao Dai hätten auch eine militante Seite und unterhielten eine beträchtliche Privatarmee.

"Die ist heute aber ohne Bedeutung", versicherte ihm Nam.

Er hatte Bilder gesehen, von einem fantasievollen bunten Gebäude, von farbenfrohen Zeremonien, seine Neugierde wuchs.

Luc hatte ihm gesagt, dass er ruhig nach Tay Ninh fahren könne, wenn Nam die Fahrt für sicher hielte. Allerdings verehre er diese Religion nicht und sei vielmehr von der Philosophie des Mahajana Buddhismus überzeugt.

Pierre trank seinen Cocktail in kleinen Schlucken, er wollte einen klaren Kopf behalten und freute sich auf sein Abenteuer.

Und da waren sie auch schon wieder, diese lästigen jungen Männer, die sich Künstler nannten und ihre schablonenhaft kitschigen Aquarelle aufdringlich, mit lauten Worten anpriesen, Pierre bei seiner Lektüre störten und immer wieder ihre Mappen öffneten. Pierre versuchte sie zu ignorieren. Der Verkehr nahm zu, Cyclos, Mopeds, gelegentlich auch Autos, Scharen von Fußgängern.

Nam kam eine halbe Stunde zu früh, worüber sich Pierre freute. Er war vorbereitet für die Fahrt und nahm nur seine Kappe, seinen Pass, etwas Geld, seine Armbanduhr und die Kamera. Auch Nam wusste nicht, ob er in

Tay Ninh fotografieren durfte, aber unterwegs gäbe es sicherlich schöne Motive.

x

Das Häusermeer ging in leuchtend grüne Reisfelder über. Die Straße war eng, aber asphaltiert, mit nur wenigen Schlaglöchern. Auf den Reisfeldern arbeiteten Männer und Frauen, schwarze Kleidung, Hosen, die bis zum Knie reichten, die Sonne spiegelte sich im Wasser. Pierre bat Nam, den Wagen kurz anzuhalten, um zu fotografieren. Ein Bild wie auf einem Touristenprospekt: Ein Bauer ritt auf einem Wasserbüffel und im Hintergrund arbeiteten Frauen, tief gebückt, die Gesichter unter großen konischen Hüten aus Fächerpalmblättern versteckt. Fast klischeehaft, aber dennoch Realität.

Nam dämpfte seinen Enthusiasmus: "Die Bauern müssen vorsichtig sein, in den Reisfeldern gibt es viele Giftschlangen."

Weiße Silberreiher schwebten über den Reisfeldern, eine friedliche Landschaft. Und dennoch verriet sie den Fleiß, die Mühsal der ländlichen Bevölkerung. Kolonnen von Fahrrädern begegneten ihnen, Frauen, die in schnellem Trab links und rechts gefüllte Obstkörbe auf einer Schultertrage balancierten, Schulkinder in Uniformen. Gelegentlich ein Dorf, unter Kokospalmen und Mangobäumen versteckte Hütten. In einer Kurve mussten sie ganz langsam fahren, bellende Hunde sprangen auf die Straße. Weite Landschaft, wenige Bäume, Palmen, die sich sanft in der morgendlichen Brise bewegten. Ein blauer Eisvogel mit rotem Schnabel schreckte hoch, zu spät für ein Foto, rasch verschwand er irgendwo im Blau des Himmels.

Pierre entspannte sich, genoss die Fahrt. Es wurde heißer, Nam öffnete die Fenster, der Zugwind war warm und angenehm.

## 13

Aus dem Tagebuch von Pierre Gautier, 30. März 1962:
Angst. Wir nähern uns den Dschungelgebieten. Plötzlich überkommt mich ein beklemmendes Gefühl, das ich nicht begründen kann, meine Hände schwitzen, ich weiß nicht warum, ich muss ein Zittern unterdrücken. Könnte ich doch ganz weit fort sein. Am liebsten wäre ich rasch zurückgefahren. Nie hatte ich an eine Vorahnung geglaubt, jetzt aber erlebe ich sie ganz unmittelbar.

Nur Minuten später: Fünf Soldaten mit drohenden Maschinengewehren, in der schwarzen Kleidung der Bauern, treten aus dem Schatten der hohen Bäume. Sie umstellen das Auto, zwingen uns zum Halten. Wir müssen aussteigen, werden nach Waffen durchsucht. Man nimmt uns alles ab, was wir bei uns tragen: Ausweise, die Autopapiere, das Geld, die Armbanduhren, die Kamera.

In barschem Ton befehlen sie Nam, den Wagen an den Straßenrand zu stellen. Sie nehmen uns in ihre Mitte, biegen langsam auf einen kaum erkennbaren Dschungelpfad ein. Nam flüstert mir zu: "Partisanen der Nationalen Befreiungsfront."

Mit ernstem Gesicht befiehlt man ihm zu schweigen.

Es ist heiß, eine stickige Atmosphäre, wie ich sie noch nie erlebt habe. Ich bin schon nach Minuten total durchgeschwitzt, kann mich nur noch auf den Weg konzentrieren, keine Zeit für Grübeleien. Ein endloser, gewundener Pfad, manchmal biegen wir ab, auf einen noch engeren Weg, Äste schlagen in mein Gesicht, Insekten schwirren, ich verliere jedes Gefühl für die Richtung, für die Zeit.

Wir müssen einige Minuten anhalten, einer der Partisanen verschwindet im Unterholz, die anderen halten uns in Schach, mit drohenden Gebärden. Er kommt wortlos zurück, wir gehen weiter, überqueren einen breiteren Weg, fast so etwas wie eine Straße, und dann, ganz unerwartet, wird der Weg steil.

Da sind Bananenstauden, dann Bambus und hohe Banyan Bäume, die Vegetation erdrückt uns fast, der Pfad hört auf, wir müssen über hohe, runde Granitfelsen klettern. Ich rutsche aus, immer wieder, einer der Partisanen zieht mich an der Hand, es geht steil nach oben, ich schnaufe, atme hastig, heftig, die Luft ist so stickig, meine Beine werden immer schwerer. Wir müssen über einen kleinen Wildbach springen, ich falle, rapple mich wieder hoch, ich habe nicht einmal Zeit, den Schweiß aus dem Gesicht zu wischen.

Die Kletterei scheint kein Ende zu nehmen. Ich kann Nam nicht sehen, er geht wohl irgendwo hinter mir. Ich muss mich ducken, immer wieder ducken, Lianen ausweichen, und dann wieder Felsen, überall Felsen, steil, und wieder ein wilder Bach, der in die Tiefe stürzt. Ich weiß nicht, woran sich die Partisanen orientieren, ich sehe keine Markierungen an den Bäumen, auf dem Weg oder den Felsen.

Und dann, unerwartet, ein felsiges Plateau mit einem schmalen Eingang zu einer Felsenhöhle. Hier wimmelt es von Partisanen, Nam und ich werden bestaunt, eine Stimme sagt: "Oh, ein Amerikaner", man stößt uns grob in die Höhle. Wir müssen uns auf den Boden kauern, sitzen eng beieinander, ich schwitze, ich muss zittern, erst jetzt empfinde ich Angst. Was wird mit uns geschehen?

Eine kleine, magere Frau, wohl etwa 65 Jahre alt und schmucklos wie eine Landarbeiterin gekleidet, betritt die Höhle. Sie wirkt drahtig und kräftig. Ihr Französisch ist fast akzentfrei.

"Ich bin die politische Kommissarin dieser Einheit der Nationalen Befreiungsfront. Wir müssen zunächst feststellen, warum Sie in die Provinz Tay Ninh gekommen sind und ob Sie eventuell für die Amerikaner in Saigon als Spion tätig sind. Betrachten Sie sich deshalb für drei Tage als vorläufig verhaftet, wir werden inzwischen alles in Saigon überprüfen."

Ein älterer Partisan bringt uns Wasser zu trinken. Wenige Öllampen beleuchten die Höhle, das Licht ist schwach und trübe. Auf dem wackeligen Tisch liegen unsere Ausweise, unser Geld, alles, was wir bei uns trugen. Die Kommissarin nimmt alles an sich und verlässt die Höhle. Nach fünf Minuten kehrt sie zurück und beginnt uns auszufragen, ganz detailliert.

Ich muss einen langen Fragebogen ausfüllen: die Heimatanschrift, Alter, Geburtsort, Namen der Eltern, der Großeltern, der Frau oder Freundin und eventueller Kinder, der Beruf, die Reiseroute, die Anschrift in Saigon, alle Kontakte in Saigon und die Namen der Personen bei der belgischen Botschaft, die ich getroffen habe, Sprachkenntnisse, Mitgliedschaft in politischen Parteien, in Gewerkschaften und vieles mehr, eine überraschende Fülle von Details.

Dann verbindet man unsere Augen mit einem grauen Tuch, wir werden über einen steinigen Pfad, der steil nach oben führt, in eine andere, geräumigere Höhle gebracht. Diese ist besser eingerichtet, es gibt einfache Holzstühle, Sitzbänke, dort stehen und sitzen viele Partisanen. Ich bin überrascht, auch buddhistische Mönche in gelben Roben zu sehen. Offensichtlich ist hier ein Tempel, ich sehe zwar keine Statuen, aber Mönche kommen und gehen, sprechen miteinander und mit einigen der Partisanen. Schade, dass ich die Sprache nicht verstehe, und Nam darf ich nicht fragen. Es riecht nach Räucherstäbchen.

Man hatte nach dem Wechsel in die größere Höhle unsere Augenbinden entfernt, wir dürfen auf einer Bank sitzen, aber niemand spricht mit uns. Es gibt wohl einen Befehl, wonach ich so lange ignoriert werde, bis die Überprüfungen gezeigt haben, wer wir wirklich sind. Die Angst weicht allmählich, ich werde zuversichtlicher, nach drei Tagen werden wir frei sein, alles muss sich ja aufklären. Der Flug nach Phnom Penh lässt sich verschieben, Termine lassen sich umdisponieren, drei Tage Verzögerung sind ja nicht so schlimm.

Mir tut Nam Leid, den ich in dieses Abenteuer getrieben habe. Hoffentlich ist sein Vater nicht zu besorgt. Wir dürfen noch immer nicht miteinander sprechen.

Durch den Höhleneingang sehe ich, dass es dunkel wird. Wir erhalten jeder eine kleine Schale ungeschälten Reis mit etwas Gemüse, das ich nicht identifizieren kann. Dann, es ist noch nicht spät, müssen wir uns auf den Steinboden legen, um zu schlafen. Wir erhalten eine dünne Decke, es ist unbequem, aber auszuhalten. Immer wieder wache ich auf, meine Glieder schmerzen, ich muss mich umdrehen, auf die andere Seite, auf den Rücken. Mir kommt alles so unwirklich vor, wie in einem bösen Traum.

31. März:

Endlose, einsame Stunden. Der Tag nimmt kein Ende. Wir dürfen die Höhle nicht verlassen, sitzen stumm auf Holzstühlen, Partisanen und Mönche kommen und gehen, mittags eine Schale Reis, nur Reis, abends mit etwas Gemüse, wie am Vortag. Meine Gedanken drehen sich im Kreis, wechseln zwischen Verzweiflung und Hoffnung. Nichts geschieht.

Am Abend verlassen überraschend viele Partisanen die Höhle, alle mit Gewehren bewaffnet, ich weiß nicht, von wo sie plötzlich alle herkommen, so viele hatte ich nicht in der Höhle vermutet. Es gibt offensichtlich noch viele andere Räume, solche, in denen Mönche beten, und andere, in denen sich die Soldaten aufhalten.

Wieder eine harte, qualvolle Nacht. Nur die Erschöpfung bringt etwas Schlaf.

1. April:

Der vorherige Tag wiederholt sich, am Vormittag lässt man uns alleine. Gegen Mittag kommt endlich die Kommissarin. Sie setzt sich neben uns und erläutert mit monotoner Stimme die Ziele der Bewegung:

"Wir sind keine Organisation, die von Hanoi gesteuert wird, nein, wir sind Südvietnamesen. Wir wollen die Befreiung von der kolonialen Unterdrückung durch die Amerikaner und die Ngo Dinh Diem Clique, die Marionettenregierung in Saigon, durchsetzen.

Wir kämpfen für die Einhaltung der Genfer Beschlüsse, für die nationale Unabhängigkeit, für freie Wahlen und Selbstbestimmung in Südvietnam, für Demokratie und für die Wiedervereinigung des Landes in Frieden. Unsere Bewegung ist eine Koalition vieler Parteien, nicht nur der Kommunisten, wie Ngo Dinh Diem behauptet, sondern auch der Sozialisten, der Demokraten, von Arbeitern, von Studenten, von allen, die Freiheit und Unabhängigkeit anstreben."

Es klingt wie auswendig gelernt, dennoch glaube ich, dass sie aus echter Überzeugung spricht.

Man lässt uns wieder allein. Mit keinem Wort hat die Kommissarin die Überprüfungen in Saigon erwähnt. Es ist zum Verzweifeln.

2. April:
Ich wache früh auf, mit heftigen Kopfschmerzen. Es kommt zwar Luft von außen durch die breite Öffnung und wahrscheinlich auch von den hinteren Räumen der Höhle, aber die Luft ist heiß, feucht, klebrig. Wir dürfen Wasser

trinken, das wohl abgekocht ist, ich habe zum Glück keine Magenschmerzen. Und dann wieder Hoffen, von Stunde zu Stunde.

Gegen Mittag kommt erneut die Kommissarin. Es täte ihr Leid, aber sie hätten leider den Spionageverdacht nicht ganz klären können, eine höhere Instanz der Befreiungsfront würde sich mit unserem Fall befassen.

"Sie müssen mit dem Ausschuss persönlich sprechen. Und dazu ist es erforderlich, dass Sie zu Fuß mehrere Tage bis in das Zentrallager laufen. Transportmöglichkeiten haben wir leider nicht. Ich werde noch heute die Begleiter organisieren. Es ist notwendig, streckenweise Ihre Augen zu verbinden, damit Sie später in Saigon nicht die genaue Lage des Camps angeben können. Bis zum Abmarsch empfehle ich Ihnen dringend etwas auszuruhen."

Es muss gegen 17 Uhr sein. Drei Begleiter kommen, zwei mit Gewehren, der dritte mit einem Rucksack mit unseren Wertsachen und einer schwarzen Umhängetasche, in die er eine Karte steckt, einige Bogen Schreibpapier und so etwas wie einen Kompass. Alle drei tragen schwarze Hosen und lange Hemden aus Leinen mit großen Taschen an den Seiten. Ein Partisan verbindet unsere Augen und fesselt die Hände auf dem Rücken, nicht sehr fest, aber doch so, dass wir sie nicht bewegen können.

Wir gehen recht langsam, das ist angenehm. Der Abstieg von der Felsenhöhle ist weniger anstrengend als der Weg nach oben, dennoch rutsche ich mehrfach aus und muss von den Begleitern aufgefangen werden. Diese lachen, sie sind auch sonst weniger ernst und verbissen als die fünf Partisanen, die uns verhaftet haben. Der schmale Weg führt durch den Wald und dann entlang des Waldrandes. Als es dunkel wird, gehen wir durch ein Dorf. Ich kann zwar nur helle und dunkle Schatten sehen, aber ich höre Stimmen, viele Stimmen, auch die unserer Begleiter. Das Dorf scheint gut beleuchtet zu sein.

Es wird wieder dunkel und still und dann sind da rechts und links in gleichem Abstand angepflanzte Bäume, ich vermute, es handelt sich um eine große Gummiplantage. Die Begleiter lockern unsere Handfesseln, wir können die Hände etwas bewegen. Sie scheinen sich in dieser Gegend sicher zu fühlen. Und dann, nach längerer Zeit, wieder ein Dorf, wieder viele Stimmen, aber auch herzliches Lachen.

Man nimmt uns die Augenbinden und Fesseln ganz ab. Wir müssen schwarze Hemden über die Hosen anziehen und einen breiten Hut über den Kopf stülpen. Die Schuhe verschwinden in dem Rucksack, stattdessen erhalten wir die typischen Gummisandalen der Partisanen. Alles ist etwas zu klein, das Hemd, die Sandalen. Obwohl es schon dunkel ist, müssen wir unsere Sonnenbrillen aufsetzen.

Dann gehen wir zügig, mit ernsten Gesichtern, durch das Dorf, überall Gelächter, wahrscheinlich staunt man über den groß gewachsenen Partisanen. Zum Glück ist das Dorf klein, die Maskerade dauert nicht lange, aber mir ist unwohl dabei, vielleicht sind hier aggressive südvietnamesische Regierungstruppen. Nur nicht in einen Schusswechsel geraten!

Der Weg ist hartgestampft, wir können sehr schnell gehen. Nach zwei Kilometern biegen wir in einen Wald ab, einfach quer durch das dichte Unterholz, bis wir links einen schmalen Pfad erreichen, der in einer Lichtung endet. Hier dürfen wir endlich Wasser trinken und die enge, unbequeme Kleidung wechseln.

"Wir werden hier die Nacht verbringen."

Aus dem Rucksack holt man Decken und einen Aluminiumtopf mit klebrigem Reis. Der Boden ist weich, aber trocken, jeder erhält zwei Decken, eine dient als Kopfkissen. Es ist viel komfortabler als in der Felsenhöhle. Aus dem Wald tauchen unerwartet mehrere andere Partisanen auf, man kennt sich wohl, ist über uns informiert, spricht ruhig, emotionslos, die Waldlichtung wird zu einem kleinen Lager. Ich schlafe fest und traumlos und wache erst im Morgengrauen auf. Ohne Kopfschmerzen.

3. April:

Ich bin überrascht, ein Glas heißen Tee zu erhalten, grünen Tee, dazu wieder Reis und Gemüse. In der Nähe ist ein Bach, ich darf mich etwas waschen. Wie wohltuend. Nam spricht lange mit dem Begleiter, der unbewaffnet ist und den Rucksack trägt. Ich glaube, dass das der Kommandant der kleinen Gruppe ist, er macht einen autoritären, aber nicht unfreundlichen Eindruck. Ich kann nicht einmal erraten, über was sie sprechen.

Es ist etwa 9 Uhr vormittags, wir gehen weiter, mit neuen Begleitern, wieder zwei Bewaffnete und einer mit Rucksack und Umhängetasche, wahrscheinlich wieder ein politischer Funktionär. In seinem Rucksack verstaut er unsere Wertsachen.

Auch dieses Team ist freundlich. Unsere Handfesseln bleiben locker, die Augen werden nur selten verbunden, und wenn, dann nur für sehr kurze Zeit. Gegen Mittag erreichen wir einen kleinen Ort, die Partisanen bewegen sich ganz selbstverständlich, keiner der Passanten bleibt stehen, um uns anzusehen – als sei es ein täglicher Anblick.

Ich bin überrascht, wir betreten ein kleines, einfaches Restaurant, gehen in einen abgetrennten Nebenraum, hier gibt es ein richtiges Menü, in Reispapier gewickelte und frittierte Frühlingsrollen, Mi Ga – eine Hühnersuppe mit trockenen Nudeln, ein Fleischgericht mit Reis, mit Nuoc Mam, der beliebten Fischsoße, und dazu heißen grünen Tee. Endlich können wir uns satt essen, danach eine Stunde ausruhen, uns etwas waschen, erst dann geht es weiter, entlang eines dunklen, dichten Waldes.

Gegen 22 Uhr erreichen wir wieder ein Dorf mit kleinen Strohhütten zwischen Feigenbäumen und hohen Farngewächsen. Wir gehen in eine Hütte, schieben den Leinenvorhang zur Seite, ein alter Mann mit grauem Bart, dünn, mit spitzen Schultern, sitzt auf einem Schemel und raucht eine Pfeife. Er wirkt keineswegs kämpferisch, fast wie ein gütiger Großvater.

Die Hütte ist sehr einfach, aber sauber, ein festgestampfter Lehmboden, an den Wänden Bilder aus alten Zeitungen, schief und leicht zerrissen. In dem Raum befinden sich mehrere alte Schemel, roh gezimmert und wackelig, und ein breites Bett aus Bambus, ohne Matratze mit mehreren dünnen Decken, aus Reissäcken zusammengenäht.

Eine kleine, ältere Frau kommt von draußen, sagt kein Wort, und geht wieder. Vor der Hütte ist wohl die Kochstelle, daneben ein Tonkrug mit Wasser. Ich höre viele Hunde, die kläffend an der Hütte vorbeilaufen.

Man hat unsere Handfesseln entfernt. Der Kommissar sagt auf Französisch, dass wir in dieser Hütte übernachten werden, morgen sei ein langer Tag. Dann liegen wir dicht an dicht auf dem harten Bambusbett, ich wage kaum, mich zu bewegen.

4. April:

Ein karges Frühstück, nur Reis mit etwas Fischsoße, dann gehen wir weiter. Der Morgen ist trüb und grau. Die Begleiter sprechen nicht miteinander. Der rötliche Sandpfad führt durch einen kleineren Wald, ich ducke mich unter den Lianen. Uns begegnen viele Partisanentruppen, alle bewaffnet. Ab und zu überholt uns eine Einheit, schnell und diszipliniert.

Es wird noch heißer. Immer wenn der Himmel nicht von Bäumen verdeckt ist, erscheint er weiß, nicht blau. Es wird so schwül, dass wir schon nach drei Stunden eine längere Pause machen. In der Waldlichtung wimmelt es von Partisanen. Wir dürfen etwas schlafen.

Gegen 17 Uhr weckt man uns, schon wieder werden die Begleiter ausgewechselt, erneut drei Personen. Einer der bewaffneten Soldaten trägt zwei lange Strümpfe mit Reis um den Hals. Man treibt uns an, schneller zu gehen. Der Waldweg ist besonders schmal, lange Zeit müssen wir auf gefällten Baumstämmen balancieren. Ganz unerwartet verbindet man unsere Augen und zieht die Handfesseln sehr fest an. Der Weg geht steil in die Tiefe, Stimmengewirr, wir werden unsanft in ein Kanu geschubst, überqueren einen Fluss, dann kommt wieder Wald und Schwüle und Hitze.

Der Regen setzt unerwartet ein. Wir gehen langsamer, der Boden ist glitschig, die Luft noch feuchter. Keine Pause. Die Begleiter sind streng und grob, sprechen im Befehlston. Ich bin erschöpft, bleibe kurz stehen und höre, wie man ein Gewehr entsichert und wohl auf mich richtet.

Wir erreichen einen Waldrand, dann ein kleines Dorf mit schlammigen Wegen. In einer fast leeren Hütte übernachten wir. Dort wohnt wohl nur eine ältere Frau mit rundem Gesicht, die mit kurzen, harten Sätzen spricht, besonders unfreundlich zu mir ist und ständig Betelnüsse kaut.

5. April:

Es ist noch ganz dunkel, als man uns befiehlt, schnell aufzustehen. Als erstes verbindet man meine Augen. Es regnet nur sanft, aber der Weg bleibt rutschig. Wahrscheinlich sind wir wieder in einem Wald, in einem lichten Wald. Ab und zu höre ich fremde Stimmen, aber ich kann mich nicht orientieren. Gegen Mittag erreichen wir wieder eine Hütte, endlich nimmt man mir die Augenbinden ab und entfernt die Handfesseln. Wir essen etwas Reis mit Fischsoße. Hier kann man sich auch waschen, endlich wieder waschen, und dann zwei Stunden schlafen. Die Hütte ist anscheinend unbewohnt oder vielleicht sind die Bewohner bei der Feldarbeit. Ich weiß es nicht.

Dann gehen wir weiter, in einem Wald, wieder mit verbundenen Augen und ganz lockeren Handfesseln, viele Stunden lang. Auf einer Lichtung dürfen wir schlafen, es hat zum Glück aufgehört zu regnen, aber der Boden ist feucht. Ich kuschle mich in eine Decke. Immer wieder wache ich auf, irgendwo von weit her höre ich Schüsse und so etwas wie Kanonendonner. Ich habe wieder Angst, nicht vor den Bewachern, sondern vor plötzlichen Gefechten. Aber wir bleiben verschont.

6. bis 9. April:

Sehr früher Morgen. Nam spricht lange mit dem politischen Funktionär. Wir gehen weiter, ohne Augenbinden, ohne Handfesseln. Ich weiß nicht, ob ich das Nam zu verdanken habe oder ob es so vorgesehen ist.

Vier Tage Marsch im Dschungel, über glitschige Wege, Felsbrocken, die von Moos bedeckt sind, Äste, die ins Gesicht peitschen, Lianen mit Schmarotzerfarnen, dicke, fast graue Blätterwände, die nur dann grün leuchten, wenn ein Sonnenstrahl seinen Weg durch das Blätterdach der Wipfel findet. Farnkräuter, die zu Baumriesen gewachsen sind, moosumschlungene Bäume mit merkwürdigen Ausbuchtungen gleich bösartigen Geschwüren, das Laub auf dem Boden ist von Insekten zerfressen. Eine Welt voller Üppigkeit, voller Zerfall.

Es ist still im Dschungel, schwül, bis mit unerwarteter Wucht ein Konzert tausender Insekten die Luft zu zerreißen scheint. Diffuses Licht, matt, ich gehe vorsichtig, Schritt für Schritt. Mit gebeugtem Kopf folge ich den Füßen der Bewacher. Ich erschrecke, vor mir ein gigantisches Spinnengewebe, ich weiß nicht, welche Spinnen harmlos, welche giftig sind.

Ich habe Angst vor jedem Geräusch, irgendwo fallen Äste oder Früchte. Ab und zu wieder entfernter Geschützdonner, es ist unmöglich für mich, die

55

Richtung zu orten. Weiter, immer weiter. Der Schweiß läuft in meine Augen. Es riecht nach Fäulnis. Der Regen kommt unerwartet, ein monotones Rauschen in den Baumkronen und dann ein plötzlicher Regenschwall, der schnell wieder verebbt und keine Abkühlung bringt. Ach, hätte ich doch etwas klares, kühles Wasser, könnte ich mich doch einmal rasieren, ich träume von duftender Seife, einem sauberen Hemd.

Ab und zu begegnet uns eine Gruppe von Partisanen. Dies ist wohl ein wichtiger Verbindungspfad zwischen verschiedenen Lagern. Dort sind auch deutliche Baumkerben, die der Orientierung dienen, denn der Weg ist kurvig und wechselt dauernd die Richtung und immer wieder biegen wir in einen noch schmaleren Pfad ein.

Die Blutegel schätzen mich besonders, ich habe viel mehr Probleme damit als Nam und unsere Aufpasser. Sie krallen sich überall fest, in den Beinen, in den Schuhen, zwischen den Zehen, sie schleichen sich auf Arme, auf Hände, sie saugen sich unter der Hose fest und auf dem Bauch. Ich entferne mehr als zehn Stück, ganz vorsichtig mit Bambusstäbchen. Einer der Begleiter hat mir gezeigt, wie das schnell geht, ohne dass es zu stark blutet. Habe ich die Blutegel entfernt, kommen neue, denn der Boden ist feucht und das lieben sie wohl besonders.

Wir müssen über einen kleinen Bach balancieren, ich rutsche auf dem Baumstamm aus, der als Brücke dient. Im Wasser wimmelt es von Insekten. Dann kommt eine Wegstrecke mit scharfen Gräsern. Es ist nicht möglich ihnen auszuweichen und wieder bluten die Beine.

Wir essen Reis mit salzigem Wasser und klebrigem Maniok, rationierte Portionen, und dazu erhalten wir einen Schluck Wasser aus einer Feldflasche. Abends wird das ergänzt mit winzigen Mengen eines eigenartig bitter schmeckenden Gemüses.

Nachts spannen die Bewacher Hängematten zwischen niedrige Bäume, Hängematten mit Moskitonetzen, einige aus Nylon, die meisten sehr einfach aus Lianen geflochten. Am ersten Tag erhält Nam eine Stoffmatte, am zweiten Tag bin ich der Glückliche, so wechseln wir uns ab.

Ich bin so erschöpft, dass ich lange nicht schlafen kann. Die Luft klebt, die Insekten sind nachts besonders laut, dazu kommen noch andere undefinierbare Geräusche. Vor Sonnenaufgang erwacht der Dschungel wie ein Donnerschlag, so viele Tierstimmen, die ich nicht zu deuten vermag.

10. April:

Gegen Mittag des fünften Tages kommen wir an den Rand des Dschungels in ein großes Lager. Die Bewacher müssen zurück in Richtung Tay Ninh, schade, ich hatte mich an die drei gewöhnt, sie waren hilfreich und nach zwei Tagen lächelten sie sogar gelegentlich. Ich bin sehr überrascht, zum Abschied schütteln sie unsere Hände. Eine neue Gruppe begleitet uns, strenger, aggressiver, unpersönlicher. Auch sie tragen Gummisandalen, aus alten Autoreifen geschnitten, mit Gummiriemen an den Füßen befestigt, die Nam als Ho-Chi-Minh-Sandalen bezeichnet. Zwei der Bewacher haben runde Hüte, in grüner Farbe.

Wieder werden unsere Augen verbunden, mit einem schmutzigen Lappen, der nur schwache Lichtreflexe durchlässt, die Hände fesselt man uns erneut auf den Rücken.

Kurze Zeit später höre ich Stimmen, Männer, Frauen, Kinder, Hundegebell. Sind wir in einem Dorf? Abrupt entfernt der Kommissar den Augenschutz, man stößt uns in eine Art Bambuskäfig, mitten in einem Dorf kleiner Hütten, mit Dächern aus Bambusstäben. Ich komme mir vor wie ein gefangenes Tier, von allen Seiten angestarrt.

Am späten Nachmittag dürfen wir den Käfig verlassen, der Marsch geht weiter, durch eine riesige Gummiplantage und dann wieder in den Wald. Die Nacht verbringen wir erneut in den Hängematten.


11. April:

Morgens bleiben wir im Waldlager, es sei zu gefährlich, jetzt weiterzugehen. Aber gegen Mittag klärt sich die Lage, aus dem Wald kommen wir in eine morastige Gegend, die sich in einer weiteren Gummiplantage verliert. Der politische Agent fordert uns auf zu warten, er verschwindet, kommt wieder, wir gehen weiter, überqueren eine Asphaltstraße und dann erstrecken sich bis zum Horizont endlose Reisfelder, leuchtendes Grün unter dem Blau des Himmels. Später Nachmittag, die Farben werden sanfter.

Wir balancieren auf den schmalen Dämmen zwischen den Feldern. Durch den Regen wurden sie glitschig, immer wieder rutsche ich aus und lande knietief im Morast. Manchmal müssen wir vorsichtig zwischen den grünen

58

Halmen in eine andere Richtung gehen. Die Reisbauern beachteten uns nicht, schwarze Punkte im weiten Grün, die Hosen hochgekrempelt. Was mögen sie denken? Oder haben auch sie Angst vor den Partisanen? Ich sehe nur selten hoch, der Pfad fordert meine volle Aufmerksamkeit.

Es wird schnell dunkel, die Felder grauer, der Weg noch schwieriger. Ganz unerwartet ertönt das Geschrei von Büffelkröten, so laut, dass ich erschrecke, ein dumpfer, aufreizender Ton. Dann verdecken Wolken den Mond, der Anführer beleuchtet den rutschigen Damm mit einer Taschenlampe.

Vor uns sehe ich ein fades Licht, wohl ein kleines Dorf oder ein Bauernhaus. Wir kommen näher, riesige Fledermäuse flattern über unsere Köpfe. Über dem Haus steht grauer Rauch. Und überall die kurzen Blitze der Leuchtkäfer. Die Begleiter treiben uns an, schneller zu gehen. Kurz vor dem Haus biegen sie nach links ab, ein schmaler Weg führt in den Wald und nach wenigen Metern in eine kleine Lichtung, wo wir unsere Hängematten aufspannen.

12. April:
Wir bleiben in dem Lager bis zum späten Vormittag, die Gründe sagt man uns nicht. Dann gehen wir weiter, auf schmalen Pfaden, der Wald wird immer dichter, urwaldähnlicher, stickiger. Gegen Abend erreichen wir ein großes Militärlager, das größte, das ich bisher sah, Hunderte von Soldaten, fast alle bewaffnet, viele schauen feindselig, ich fühle mich unwohl.

Zu meinem Schrecken sehe ich, wie ein anderer Gefangener abgeführt wird, ein Vietnamese, schwarzes Hemd, schwarze Hose, Gummisandalen, noch jung, mit ängstlichem Blick. Er geht direkt an mir vorbei, Hände gefesselt, ich sehe seinen flehenden Blick. Aber wie könnte ich ihm helfen? Später dann ein einzelner Schuss.

Am Rande des Militärlagers fordert man uns auf, schon sehr früh am Abend in den Hängematten zu schlafen.

13. April:

Schon wieder ein Wechsel der Bewacher. Der neue politische Agent spricht fließend französisch, zwei grimmige, bewaffnete Soldaten begleiten ihn. Ich glaube, dass dieser Kommissar ranghöher ist als die bisherigen. Wir verlassen das Lager noch vor Sonnenaufgang. Die Begleiter gehen militärisch schnell, welche Mühe für mich, das Tempo zu halten! Ich bleibe immer wieder kurz stehen, um zu verschnaufen. Der Weg führt durch den Dschungel, dichten Dschungel, fast ohne Tageslicht. Die Augen hat man uns nicht verbunden, die Hände nicht gefesselt, ich hätte den Weg ohnehin nicht finden können.

Am späten Vormittag erreichen wir das Ufer eines kleinen Flusses, ein Kanu wartet auf uns. Träge fließendes gelbliches Wasser. Alles ist minutiös geplant. An der anderen Seite steht eine Bambushütte, versteckt unter den hohen Bäumen. Auch hier werden wir erwartet, drei Frauen, zwei Männer, in dunkelblaue, pyjamaartige Hemden und Hosen gekleidet. Ich weiß nicht, ob sie hier wohnen oder auch nur auf der Durchreise sind. Den Funktionär begrüßen sie respektvoll.

In der Hütte stehen ein Holztisch mit einer Öllampe und ein Kochherd. Ein Bett ist nicht zu sehen. Hier hat man für uns ein Mittagessen vorbereitet, kein Fleisch, aber ein sehr schmackhaftes grünes Gemüse zum Reis, das an Spinat erinnert. Ich darf mich richtig satt essen, die Portionen sind nicht rationiert. Auch Trinkwasser gibt es ausreichend.

Und wieder Dschungel und wieder Schweiß und wieder diese Eile. Am späten Abend erreichen wir ein einfaches Haus, mitten im Urwald, das als Postamt dient, Berge von Briefen, die von bewaffneten Soldaten sortiert werden. Hier steht ein einfaches Bambusbett, hier dürfen wir übernachten.

14. April bis 5. Juni:

Der sechzehnte Tag der Gefangenschaft. Am frühen Morgen werden die Begleiter erneut abgelöst. Der neue Agent verbindet sofort unsere Augen, fesselt die Hände, jetzt ganz fest. Wir gehen erneut stundenlang auf Dschungelpfaden, ohne Mittagspause, nur ab und zu ein Schluck Wasser. Die Begleiter schweigen, sprechen auch nicht miteinander. Der Weg ist kurvig, immer wieder drückt man unsere Köpfe nach unten, damit wir nicht gegen Zweige laufen.

Nachts erreichen wir ein großes Lager mit vielen Holzhütten. Vor dem Eingang entfernt man unsere Augenbinden und Fesseln. Ein großes Bambustor zeigt das Lager an. Darüber weht die Fahne der Befreiungsfront, rot und blau, den Norden und Süden des Landes symbolisierend, mit einem gelben Stern in der Mitte.

Wir werden in das Lager geführt, ganz vorsichtig, das Lager ist in weitem Umkreis vermint und durch Bambusstäbe geschützt, die man mit Pferde-Urin vergiftet und kaum sichtbar in die Erde gerammt hatte. Hier zu fliehen ist einfach nicht möglich. Überall stehen und laufen Soldaten, dazwischen politische Agenten, ein reges Kommen und Gehen.

Nam und ich werden getrennt in kleine Bambushütten gesperrt, ohne Fenster, nur mit einer Hängematte aus Stoff und einem Moskitonetz möbliert. Die Tür ist offen, damit Luft in die Hütte kommt, auch das Dach lässt viel Luft durch. Tag und Nacht steht vor den Hütten ein bewaffneter Soldat.

"Das ist nur vorübergehend", sagt der Lagerleiter, ein großer, drahtiger Mann mittleren Alters, "die Regierung der Befreiungsfront ist in der Nähe, dort wird der Fall schnell und sorgfältig geprüft. Bis dahin können Sie sich einige Tage ausruhen."

Wir bleiben bis zum 20. April in den Hütten eingesperrt. Nur in Begleitung dürfen wir die Hütten verlassen, zum Essen und zum Waschen. An die einfache Toilette, einen Graben mit einem Balken, wo ich immer beobachtet werde, kann ich mich nicht gewöhnen.

Das Positive: Es gibt eine saubere Waschstelle am Ufer eines nahen Tümpels, dort bleibe ich, solange es geht, hier fühle ich mich freier, wenn auch nur für kurze Zeit. Das Wasser ist sauber und kühl, erfrischend und angenehm. Der Wachsoldat gibt mir ein kleines Stück Seife und ein Handtuch. So kann ich auch mein Hemd waschen, endlich etwas tragen, das nicht nach intensivem Schweiß riecht. Das Hemd trocknet schnell in der

Sonne. Ich darf sogar die Böschung hinauf und den kurzen Weg in meine Gefängnishütte ohne Hemd laufen. Rasieren ist nicht möglich, aber das ist ja nicht so schlimm.

Auch hier darf ich nicht mit Nam sprechen, die Waschstelle nicht gemeinsam mit ihm aufsuchen. Ich sehe ihn selten.

Am zweiten Tag kommt ein Funktionär des zentralen Befreiungskomitees in das Lager, um mich noch intensiver zu befragen als die Kommissarin in der Felsenhöhe. Erneut muss ich einen Fragebogen ausfüllen und einen detaillierten Lebenslauf schreiben. Man will so vieles wissen: meine Schulbildung, die Abschlussnoten, Details über meine Berufsausbildung und den Wehrdienst, Namen und Berufe naher Verwandter, wo ich den Urlaub verbringe, meine politischen Überzeugungen. Natürlich beantworte ich alle Fragen gewissenhaft, ich habe ja nichts zu verbergen.

Der Tag teilt sich in die Routine der Mahlzeiten, dreimal täglich Reis mit etwas Salz und Glutamat, dazu Gemüse und gelegentlich ein kleines Stück getrockneten Fisch. Zum Trinken erhalte ich heißes, abgekochtes Wasser. In der Küche arbeiten ältere Frauen, die auch jeden Morgen den Boden vor den Hütten fegen, sorgfältig mit Reisigbesen. Auch sie tragen die schwarze Einheitskleidung mit breiten Hosen.

Zu den Mahlzeiten wird ein hölzerner Gong geschlagen, dann darf ich mit dem Wachsoldaten zu einer Bank neben der Küche gehen und dort die genau abgeteilte Ration essen. Dazu gibt man mir zwei kleine Holzstücke als Essstäbchen. Die Soldaten, die vor der Küche kauern, essen auch nicht mehr und besser. Irgendwie tröstet mich das.

Am 20. April kommt der Funktionär von der Zentrale ein zweites Mal. Die Überprüfungen dauern noch einige Tage, Saigon ist weit. Das Komitee hat beschlossen, dass ich es jetzt bequemer haben soll. Meine Hängematte wird in der offenen Küche des Camps aufgehängt, darüber ein Regenschutz aus Plastik und ein Moskitonetz. Nachts ist es hier angenehm kühl, ich fühle mich nicht mehr eingesperrt, hier kann ich gut schlafen.

Ich darf jetzt sogar kleine Spaziergänge im Lager machen, bei den Soldaten sitzen und mit ihnen reden, mit ihnen Karten spielen, ich werde nicht mehr pausenlos überwacht. Nur zu der Badestelle ist noch immer eine Begleitung vorgeschrieben. Von Nam werde ich allerdings rigoros abgeschirmt. Nam wohnt inzwischen in einer der Hütten zusammen mit mehreren Soldaten, an der anderen Seite des großen Lagers. Jeden Morgen, nach der Frühgymnastik, verlässt er das Lager mit einer Gruppe von Soldaten, ich sehe ihn von weitem, abends kehrt er zurück. Ich weiß nicht, wie er den Tag verbringt.

.

Tagsüber ist das Lager ruhig und relativ leer, aber abends wird es lebhaft. Befehle werden gebrüllt, es herrscht strenge Disziplin.
Manchmal marschieren Soldaten mitten in der Nacht aus dem Lager.

In ihrer Freizeit dürfen die Soldaten Volleyball spielen, ich darf dabei zuschauen. Anschließend sitzen sie im Kreis, Männer und Frauen, alle in schwarzen Pyjamas, und singen revolutionäre Marschlieder, sie klatschen im Rhythmus, sie lachen, scherzen. Ich glaube, dass sie sich wirklich als Gemeinschaft fühlen, sich gegenseitig ermutigen. Mitten im Lager weht die

64

Flagge der Befreiungsfront, nachts wird sie in einer kurzen Zeremonie eingeholt und früh am Morgen gehisst.

Der Funktionär aus der Zentrale kommt erneut und gibt mir eine Broschüre auf Französisch, 14 Seiten lang, über die Ziele der Befreiungsfront. Sie seien Patrioten, die wahren Vertreter des Volkes, ihr Ziel sei es, das Land von den ausländischen Imperialisten und ihren Handlangern in Saigon zu befreien, um mehr soziale Gerechtigkeit zu schaffen.

Nach Jahrzehnten der Unterdrückung müsse das Land endlich befreit werden, müssten alle ausländischen Truppen abziehen. Nguyen Huu Tho, der Präsident der Front, sei ein Rechtsanwalt aus Saigon. Die Nord-Vietnamesen und vor allem der große Freiheitsheld Ho Chi Minh, liebevoll Onkel Ho genannt, unterstützten sie dabei moralisch in ihren Zielen. Ich muss die Broschüre täglich dreimal laut lesen. Der Funktionär kommt alle zwei oder drei Tage gegen Abend und diskutiert mit mir über den Inhalt.

Auch die Soldaten diskutieren jeden Abend. Einige von ihnen sprechen Französisch oder einige Worte Englisch. Spät am Abend werden viele von ihnen sentimental, seit Jahren sind sie von ihren Familien getrennt, ohne Erholungspausen. Nein, sie seien keine Menschen des Dschungels, der Urwald wirke beängstigend, aber sie alle hätten ein Ziel: die Freiheit des Landes.

Einer von ihnen, mit großen, traurigen Augen, zeigt mir verstohlen ein Bild seiner Frau und seines Sohns, damals noch ein Baby. Inzwischen ginge er wohl schon in die Schule, Jahre sind vergangen, die Sehnsucht bleibt. Alle kommen sie aus dem Süden. Annam und der Norden sind ihnen fremd.

Manchmal sprechen sie über das harte Leben, über die Armut in ihrem Dorf. O ja, sie hätten Zeiten des Hungers erlebt, manchmal nur saure Gemüsestiele gekaut, die den Hunger dämpfen. "Wir haben ein Sprichwort, wenn man hungrig ist, schmeckt auch Salz."

Immer wieder höre ich die Anekdote von dem Holzfisch, in vielen verschiedenen Varianten. Ist eine Familie arm und ernährt sich nur von Reis und Fischsoße, legt sie sich gelegentlich einen Holzfisch in das Essen, als Illusion einer üppigeren Malzeit, vor allem dann, wenn Fremde zuschauen. Armut erzeugt auch Schamgefühle.

Ich verstehe mich besonders gut mit einem etwa gleichaltrigen Soldaten, der sehr gut Volleyball spielt, schnell ist, gelenkig und muskulös. Er führt heimlich ein Tagebuch, mit winziger Schrift. Seine Eltern seien noch jung, sie hätten früh geheiratet.
"In unserem Dorf hatten wir keine Elektrizität, da werden eben die Kinder früh geboren."

Am Nachmittag ist es besonders heiß. Dann liege ich in meiner Hängematte und verdöse die Stunden. Gegen Abend bringt ein leichter Wind die Illusion der Erfrischung. Grillen zirpen, kündigen die Nacht an. Alle Wünsche reduzieren sich auf ein Minimum. Immer ist da das Gefühl, hilflos zu sein, zu hoffen, zu bangen, die Sorge um meine Eltern, meine Freunde, ich kann ja mit niemandem Verbindung aufnehmen.

Es ist die Ungewissheit, die an mir zehrt: Komme ich bald frei oder müssen darüber vielleicht sogar noch nordvietnamesische Instanzen entscheiden?

Ich weiß es nicht. Und wie kann ich beweisen, dass ich nur ein harmloser Handelsreisender bin, der sich nie um Politik gekümmert hat? Wie viele unschuldige Menschen müssen leiden? Wie gerne würde ich mit Nam darüber sprechen, aber das wird mir nicht gestattet.

An manchen Abenden sind die Soldaten unruhig. Ferner Donner ist zu hören, nein, das ist kein nahendes Gewitter. Dann fliegt ein Flugzeug, ganz in der Nähe und sehr niedrig, ich verkrieche mich unter meiner Decke. Ich habe Angst. Immer wieder Angst.

Dann wiederum sind da Momente des Trostes. Am Tümpel sehe ich Schwärme ungewöhnlicher Schmetterlinge, die in herrlichen Farben glitzern, dunkelblau, goldfarbig und rot, Libellen und viele Vögel, irgendwo im Unterholz versteckt. Hier kann ich intensiv und bewusst atmen, kurze, friedliche Augenblicke, so schön, dass mir Tränen kommen.

Ich höre dem Konzert der Frösche zu, sie quaken, sind plötzlich ganz ruhig und quaken dann erneut im Chor. Als ob ihnen jemand den Takt vorgibt. Und warum schweigen sie zwischendurch, alle gemeinsam?

Der Lagerleiter erzählt von sehr giftigen Schlangen, vor allem der gefährlichen Cham Quap, die wie ein Stock aussieht, klein und braun gefärbt ist. Es gibt auch Skorpione, die kleinsten sind am giftigsten, und die ganz gefährlichen Skolopender, die Tausendfüßler. Auf allen Pfaden im Lager muss ich vorsichtig gehen.

Der Regen kommt plötzlich und kündigt sich durch intensives Wetterleuchten an. Die Luft grummelt, ein heftiger Guss und dann monotoner Nieselregen, der auf die Plane über meiner Hängematte tropft. Es regnet mehrere Tage lang, der Boden des Lagers wird rutschig und es ist schwieriger, ihn sauber und frei von Ungeziefer zu halten. Nach dem Regen duftet es angenehm und intensiv nach Pflanzen und dem Grün des nahen Dschungels. Feuerfliegen tanzen, Geckos laufen an den Pfeilern der Hütten.

Es ist wohl schon Ende April. Zwei Japaner kommen in das Lager, ich darf nicht mit ihnen sprechen. Sie lächeln mir zu, solidarisch. Am 1. Mai wird ein Fest gefeiert, abends sitzen alle zusammen, auch die Gefangenen, es wird gesungen und üppig gegessen, Fleisch von Affen und ausreichend Gemüse. Das Fest wiederholt sich am 19. Mai, das sei der Geburtstag von Onkel Ho, von Ho Chi Minh, der von allen verehrt wird, am 19. Mai 1890 sei er geboren, in Zentralvietnam.

Am nächsten Tag kommt der Funktionär des Befreiungskomitees und spricht mit den Japanern. Kurze Zeit später verlassen sie das Lager, begleitet von drei Soldaten.

Dann kommt er zu mir:
"Wir haben sie heute entlassen. Das Zentralkomitee hat entschieden, dass auch Sie und Nam in wenigen Tagen nach Saigon zurückkehren dürfen."

Er ist überraschend freundlich, drückt meine Hände und plaudert ungezwungen über seine Familie in Saigon und die vielen harten Jahre, die er schon als ideologischer Ausbilder der Soldaten im Urwald lebt.

Leider kommt es dann ganz anders. Zwei Tage später wache ich auf, schweißgebadet, mein ganzer Körper zittert, mein Kopf schmerzt so sehr, dass ich das kaum aushalte, und dann wird mir eiskalt, ich rolle mich in meine Decke, ich zittere. Hitze, Fieber, eisige Kälte und wieder Hitze. Der Y Si, der Hilfsarzt des Lagers, an leichte Fälle wie Amöbenruhr gewöhnt, scheint besorgt.

Am Nachmittag kommt der Bac Si, ein ausgebildeter Arzt, der auch leichte Operationen durchführen kann. Er untersucht mich gründlich und gibt mir sofort eine Spritze. Es täte ihm Leid, aber ich hätte Malaria Tropica, die gefährlichste Variante, Plasmodium Falciparum. Er kann mich jedoch beruhigen, sie hätten ausreichend Medikamente und bekämen jederzeit Nachschub aus Saigon, das sei gut organisiert. In dieser Gegend sei die Anopheles-Mücke weit verbreitet, trotz Moskitonetz könnten nächtliche Attacken nicht ganz ausgeschlossen werden.

Der Bac Si hält Wort. Er kommt täglich zweimal, ich erhalte Injektionen und Tabletten und fühle mich bald besser. Nach einer Woche kann ich ohne Hilfe aufstehen, aber ich bin noch sehr schwach. Ein Rückmarsch durch den Dschungel ist unmöglich.

Am 5. Juni fühle ich mich deutlich besser. Der Lagerleiter hat ein Abschiedsfest organisiert, für Nam und für mich, wir dürfen essen, soviel wir möchten, wieder gibt es Affenfleisch und schmackhaftes Gemüse, auch die Variante, die ich so gerne esse und die wie Spinat schmeckt. Endlich darf ich auch mit Nam sprechen. Auch er war besorgt über meine Malariaerkrankung, aber jetzt sei ja alles wieder gut. Die Partisanen singen ihre rhythmischen Marschlieder, klatschen, die Stimmung ist gelöst und freundlich.

6. Juni:

Am frühen Morgen werden unsere Augen verbunden. Wir können uns frei bewegen, keine Handfesseln. Der Lagerleiter begleitet uns persönlich, zusammen mit vier Soldaten. Ich bin so begeistert, fühle mich so frei, dass mir der Marsch der ersten Stunden nichts ausmacht. Dann aber werden meine Beine schwach. Die Krankheit hat mich doch sehr mitgenommen. Die Soldaten sind rücksichtsvoll und hilfsbereit, sie tragen mich sogar streckenweise, vor allem dort, wo kleine Bäche überquert werden müssen.

Mittags essen wir auf einer Waldlichtung die mitgebrachten Portionen. Man befreit unsere Augen von der Binde, wir dürfen uns lange ausruhen. Die Gruppe wird größer, 15 weitere Soldaten kommen aus dem Gebüsch, begleiten uns. Man verbindet erneut unsere Augen. Ich habe Mühe zu atmen, die Luft scheint mich zu ersticken, Urwaldgeräusche, Stimmen, auch von Frauen. Spät abends erreichen wir eine weitere Dschungellichtung und spannen unsere Hängematten auf, Nam und ich erhalten gute Stoffmatten.

7. Juni:

Es geht weiter im Dschungel, mit verbundenen Augen. Mittags dürfen wir uns in einem großen Militärlager ausruhen, viele bewaffnete Frauen und Männer halten sich hier auf, alle in den Uniformen der Befreiungsfront. Am frühen Nachmittag verbindet man erneut unsere Augen. Wir laufen weiter, viele Stunden, in sengender Hitze. Am späten Abend, es ist schon ganz dunkel, erreichen wir das Ufer eines kleinen Flusses. Nachts hören wir Gefechtsgeräusche ganz in der Nähe. Wiederum habe ich Angst, dass in letzter Minute alles schief geht, aber gegen Morgen ebbt der Lärm ab.

8. Juni:

Auch am nächsten Morgen werden zunächst wieder unsere Augen verbunden, der Wald scheint lichter zu werden, wir müssen uns nur selten bücken, die Luft ist nicht mehr ganz so drückend, durch die Binde kann ich schwache Lichtkonturen unterscheiden, es ist weniger dunkel. Am Nachmittag nimmt man uns die Augenbinden ab.

Gegen 18 Uhr erreichen wir eine breite Straße. Wir müssen uns im Unterholz verstecken, fünf der Soldaten fällen einen Baum und sperren damit die Straße ab. Wir warten gebannt, nervös. Ein Lastwagen mit Holzstämmen hält an, die Soldaten laufen zu dem Fahrzeug, bedrohen den Fahrer. Es folgt eine lange, hitzige Diskussion.

Dann kommt der Lagerleiter zu uns, holt aus seiner Tasche alle Wertsachen, unsere Pässe, unsere Uhren, das Geld, die Sonnenbrille und die Kamera, alles, was wir in Tay Ninh bei uns hatten.

"Zählen Sie das Geld nach, prüfen Sie, ob auch alles korrekt ist", sagt er. Der Lagerleiter schüttelt unsere Hände, alle Soldaten verabschieden sich: "Beeilt euch, schnell, schnell!"

Ich weiß nicht warum, aber plötzlich fürchte ich mich vor der Freiheit, vor der lauten, großen Welt außerhalb des Urwalds.

Wir sitzen vorne neben dem verängstigten Fahrer und fahren ca. 130 km bis in ein größeres Dorf, Richtung Budop, wie der Fahrer sagt. Der Fahrer wagt kaum mit uns zu sprechen. In dem Dorf steigen wir aus, der LKW fährt weiter, der Fahrer scheint sehr erleichtert zu sein. Wir sind müde, verschwitzt und schmutzig von dem Marsch durch den Dschungel. Nam organisiert eine "Car de Location", die würde uns nach Saigon bringen. Wir warten nicht lange, auch Nam will sich hier nicht aufhalten, beide haben wir nur ein Ziel. Wir sprechen kaum miteinander, das hat ja Zeit, wir sind so erschöpft, körperlich und seelisch.

Um 21 Uhr erreichen wir Saigon, es waren unendlich lange 71 Tage im Dschungel. Nam verabschiedet sich, kurz und herzlich, wir werden uns in den nächsten Tagen treffen.

14

Pierre stieg am Hotel Continental Palace aus, an der Rezeption nannte er seinen Namen, seine Zimmernummer. Alle hatten von ihm gehört, der Hoteldirektor eilte herbei, schüttelte seine Hand, begleitete ihn in das Zimmer.

Er solle sich erst einmal ausruhen, duschen, es gäbe ja einen Zimmerservice, alles andere könne bis zum nächsten Morgen warten. Pierre bestand darauf, als erstes seinen Eltern zu telegrafieren. Der Direktor half ihm dabei, war hilfsbereit, Pierre konnte kaum den Kugelschreiber halten, seine Hände zitterten.

Man brachte ihm sein Gepäck, er war zu erschöpft, auszupacken, aber einen sauberen Pyjama und sein Rasierzeug wühlte er aus dem Koffer. Er trank einen Liter Mineralwasser, essen konnte er nicht. Endlich ein heißes Bad, ein richtiges Bett – nur das zählte.

72

## 15

Morgens frühstückte er im Zimmer. Kaum hatte er etwas bestellt, rief die Botschaft an, der Botschafter wolle ihn persönlich besuchen, aber er solle sich Zeit nehmen. Damit ihn die Journalisten nicht im Hotel belästigen, habe er am Nachmittag eine Pressekonferenz organisiert. Und dann seien da noch weitere Termine, mit südvietnamesischen Behörden und natürlich mit den Amerikanern.

Pierre telefonierte mit seinen Eltern, seiner Firma, er rief Long an und sprach mit Luc. Alle hatten bereits von seiner Befreiung gehört, der Nachrichtensender der Befreiungsfront, der Vietkong, wie man in Saigon sagte, hatte davon berichtet. Alle freuten sich, persönlich von ihm zu hören. Die internationale Presse hätte immer wieder über ihn berichtet.

Pierre erzählte den Journalisten das Wichtigste. Die Botschaft war bemüht, ihm zu helfen. Unangenehmer waren die Verhöre bei den Behörden. Ein amerikanischer Offizier fragte ihn: "So, Sie waren also in der Nähe des Hauptquartiers der Vietkong, nicht nur dem militärischen Arm, sondern auch der politischen Zentrale. Bevor Sie nach Saigon flogen, waren Sie mehrere Tage in Hong Kong. Welche Botschaft haben Sie von den Rotchinesen an die Vietkong weitergeleitet?"

Pierre war verblüfft, mit solchen abstrusen Fragen hatte er nicht gerechnet. Sehr ruhig erzählte er noch einmal den gesamten Ablauf der Gefangenschaft.

Dann traf er sich mit Luc und mit Nam, sie speisten gemeinsam in seinem Hotel. Pierre erzählte noch einmal alles, was passiert war.

"Den Partisanen konnte ich nicht böse sein, sie haben selbstlose Ziele. Es wäre ja durchaus möglich gewesen, dass wir für die südvietnamesische Armee oder für die Amerikaner arbeiteten, gewissermaßen in geheimer Mission. Das mussten sie natürlich erst einmal überprüfen und dazu brauchten sie Zeit."

Sie tranken Kaffee und aßen Kekse. Pierre schwieg für einige Momente und ergänzte dann seine Kommentare: "Sie haben soviel Idealismus, so viele Feinde, nicht nur die politischen Gegner, die sie bekämpfen, nein, auch den Urwald, den Regen, den Hunger, die jahrelange Trennung von ihren Familien, die nächtliche Einsamkeit. Ich wurde immer korrekt behandelt, im Lager war mein Leben im Grunde auch nicht schlechter als das der Partisanen. Ich war ihnen dankbar, dass sie so besorgt waren, als ich Malaria bekam. Nein, böse bin ich ihnen nicht, aber jetzt möchte ich so schnell wie möglich nach Europa zurück und mich erst einmal richtig erholen. Ich bin noch sehr schwach, immerhin habe ich 8 kg Gewicht verloren."

Luc war aufgeregt, sie hatten sich so vieles zu erzählen.

"Wisst ihr, dass ihr die ersten Tage auf dem Nui Ba Den gefangen wart, dem Berg der 'Schwarzen Jungfrau', wie er genannt wird, 986 m hoch und nur fünfzehn km von Tay Ninh entfernt. Die unwegsamen Steinhöhlen sind als Versteck der Vietkong bekannt, auf halber Höhe steht die Statue von Ly Thi Huong.

Über sie erzählt man sich viele Anekdoten. Ein reicher Mann wollte sie heiraten, doch sie liebte einen anderen, den sie schließlich auch ehelichte. Als ihr Mann zum Militärdienst einberufen wurde, kletterte sie auf den Berg, um eine Buddhastatue zu verehren. Kaum angekommen, wurde sie von Banditen überfallen, und um ihre Ehre zu retten, stürzte sie sich von dem Berg in die Tiefe. Auf dem Berg lebte ein Einsiedler, dem beim Meditieren plötzlich die Gestalt der Frau erschien, die über ihr Schicksal klagte. Seitdem nennt man den Berg Nui Ba Den."

Für Pierre war Nam so etwas wie ein Bruder geworden. Er verabschiedete sich herzlich von Nam und von Luc, natürlich blieben sie in engem Kontakt, er käme ja bald wieder. Am nächsten Tag ging sein Flug nach Brüssel.

16

Luc und Nam trafen sich seltener, Nam schien immer beschäftigt. Die alte Herzlichkeit war gedämpft, Luc konnte das nicht verstehen. Natürlich kochten sie noch gelegentlich leckere Speisen auf dem Wok, bummelten durch Cho Lon, durch Saigon, sprachen über Mädchen, über ihre Arbeit. Aber dennoch war es anders als früher.

Noch orientierten sich viele Vietnamesen an französischen Leitbildern, noch waren französische Einflüsse gegenwärtig, korsische Köche, Verkäufer, die gut französisch sprachen, französische Autos, etwas betagt, aber funktionsfähig, und am Wochenende bummelten französische Pflanzer von den großen Gummiplantagen durch das Zentrum von Saigon. Aber der amerikanische Einfluss wuchs und mehr und mehr Bars öffneten für amerikanische Berater und Soldaten. Die Vietnamesen wurden stolzer, waren nicht mehr so unterwürfig gegenüber Fremden wie in der Kolonialzeit, sie gingen nicht mehr automatisch an den Straßenrand, wenn Fremde vorbeigingen.

Natürlich war auch die Politik ein Thema und das immer stärkere Engagement der Amerikaner. Luc und Nam rechneten fest mit dem endgültigen Sieg der Befreiungsfront, auch wenn es noch Jahre dauern konnte. Luc hatte diesbezüglich keine Befürchtungen, die Chinesen hätten es schon immer, auch in schwierigen Zeiten, verstanden, zu überleben und ihre Geschäfte fortzusetzen. Die neue Regierung würde sie natürlich strenger kontrollieren, sie müssten sich einschränken. Aber auch das ginge vorüber.

Cho Lon und Saigon spürten den Krieg immer stärker. Nach den buddhistischen Protestaktionen und Studentenunruhen wurde der korrupte Diktator Südvietnams, Ngo Dinh Diem, im November 1963 gestürzt. Es folgten mehrere Regierungen, die Unruhe, die beklemmende Atmosphäre blieben. Das großangelegte Umsiedlungsprogramm in "strategische Dörfer" schlug fehl, viele Dörfer wurden von Revolutionären infiltriert.

Die Amerikaner erhöhten ihr Engagement, die Militärhilfe wurde immer mehr zu einer direkten Hilfe bei militärischen Offensiven der südvietnamesischen Armee.

Im Herbst 1966 besuchten zum ersten Mal zwei amerikanische Beschaffungsoffiziere das Eisenwarengeschäft und verhandelten zunächst mit Long und dann mit Luc, der besser Englisch sprach. Sie wollten Bolzen

76

einkaufen, verschiedene Größen in beträchtlichen Mengen. Luc verkaufte ihnen fast den gesamten Bestand. Später zeigten sie sich auch an Schrauben und Nägeln interessiert. Bevor sie den Laden verließen, überreichten sie Luc ihre Spezifikationen und baten ihn, alle Bestände sorgfältig zu überprüfen. Bei regelmäßigen Aufträgen erwarteten sie natürlich einen guten Rabatt. "Wir könnten dann auch einen langfristigen Beschaffungsauftrag abschließen."

Luc war begeistert über die unerwarteten Geschäftsaussichten, doch sein Vater dämpfte den Enthusiasmus: "Ein formaler Vertrag muss gut überlegt sein. Wir müssen vermeiden, dass man uns eventuell später als Kollaborateure einstuft. Du weißt, ich habe mich immer aus der Politik herausgehalten und wir sind gut damit gefahren."

"Meinst du, wir sollten vorsichtshalber auf dieses lukrative Geschäft verzichten?"

"Nein, verkaufen können wir, wir beliefern grundsätzlich jeden, der solvent ist. Aber ohne Vertrag."

Die Offiziere kamen wieder, das Geschäft entwickelte sich immer positiver. Luc berücksichtigte die Argumente seines Vaters. Er sei nicht zu einem Vertragsabschluss befugt und Long leider zurzeit nicht erreichbar. Es gelang Luc, dem Thema auszuweichen und nach einigen Monaten drängten auch die Amerikaner nicht mehr. Luc lieferte ja prompt und zu akzeptablen Preisen, das war entscheidend.

Einige Monate später sprach Nam seinen Freund auf dieses Geschäft an.

Luc war erstaunt – wie hatte Nam davon erfahren?

"Ihr seid also jetzt Partner der Amerikaner, musste das sein?"

Luc versuchte Nam davon zu überzeugen, dass es sich um ganz normale Verkäufe handelte und nicht etwa um eine Kooperation.

Nam blieb skeptisch.

"Luc, hast du nicht davon gehört, mit welcher Brutalität dieser Krieg geführt wird, mit wie viel Elend beide Seiten überhäuft werden? Weite Dschungelgebiete werden mit dem dioxinhaltigen Agent Orange entlaubt, große Waldgebiete verlieren ihre Blätter, auch in der Provinz Tay Ninh, auch dort, wo ich mit Pierre viele bange Wochen verbrachte. Giftgase verstümmeln Menschen, auch Zivilisten, auch Kinder. Luc, versuche dich da herauszuhalten, jedes geschäftliche Engagement stärkt eine Seite."

Luc versprach, vorsichtig zu sein. Sein Verdacht, dass Nam besondere Beziehungen zur Befreiungsfront pflegte, verstärkte sich immer mehr, auch als er erzählte: "Die Befreiungsfront plant eine offizielle Gegenregierung, eine Unbenennung in 'Provisorische Revolutionsregierung', mit Nguyen Huu Tho als Präsidenten."

Später wusste Luc, dass Nam Recht hatte. Aber woher hatte er schon so früh diese Informationen?

Die Händler in Cho Lon konzentrierten sich immer mehr auf den Handel im Großraum Saigon, denn Reisen im Lande wurden fast unmöglich, auch wegen der regelmäßigen Anschläge gegen die Hauptlinie der Eisenbahn von Saigon nach Hué. In Saigon mehrten sich die Bombenanschläge, aber es war noch keine Panik zu spüren und viele Menschen ignorierten den Krieg, obwohl die Befreiungsfront die Stadt immer mehr mit Agenten infiltrierte. In Cho Lon wurde immer häufiger hinter geschlossenen Türen geflüstert. Durch das gigantische Tunnelsystem von Cu Chi konnte die Stadt fast problemlos erreicht und so erst die Kommunikation zwischen den "befreiten Enklaven" ermöglicht werden.

17

Ganz überraschend für Luc und seinen Vater kam der Krieg Anfang Februar 1968 nach Cho Lon und Saigon. Die Mutter hatte das Haus für das TET-Fest geschmückt, die Brüder des Vaters aus Hôi An und des Reisdorfes bei Saigon sollten mit ihren Frauen kommen, der Laden war geschlossen und die Mutter kochte zusammen mit befreundeten Nachbarinnen die vielen Köstlichkeiten zum TET-Fest.

Noch ahnte niemand von der großangelegten gemeinsamen Offensive der "Revolutionsregierung" und der nord-vietnamesischen Armee. Sie hörten Schüsse, Panzer rollten durch die Straßen. Kaum ein Auto war zu sehen, doch ganz in der Nähe ihres Hauses kam es zu heftigen Schusswechseln, die Partisanen waren überall in Cho Lon.

Erst später erfuhr Luc vom wirklichen Ausmaß der Offensive, von dem Versuch, nicht nur Saigon, sondern gleichzeitig auch alle anderen wichtigen Städte des Landes zu erobern. Das Jahr 1968 brachte die entscheidende Wende des Krieges. Zwar hatten die Aufständischen die höheren Verluste, doch indirekt gewannen sie die Schlacht. Die amerikanische Öffentlichkeit war entsetzt, dass es den Gegnern gelang, ins Zentrum von Saigon vorzudringen. In Saigon und Cho Lon gab es zahlreiche Tote auf beiden Seiten.

Die elterlichen Geschäfte von Luc und Nam blieben auch nach den TET-Tagen vorübergehend geschlossen. In Cho Lon ruhte das Geschäft.

Noch nach Tagen hörte Luc die Bomben an der Peripherie der Stadt. Im Zentrum von Cho Lon und Saigon beruhigte sich die Lage. Nur wenige Suppenverkäufer trauten sich auf die Straße, die Melodie ihrer Bambusstöcke wirkte beruhigend und vertraut. Die meisten Gassen blieben noch längere Zeit verlassen. Die Furcht regierte.

Long blieb gelassen, die Situation würde sich schnell beruhigen. Luc und Hung waren skeptisch, aber der Vater behielt wieder einmal Recht.

Im Januar 1969 beschloss Präsident Nixon die "Vietnamisierung" des Krieges, das Pariser Waffenstillstandsabkommen am 27.1.1973 führte in mehreren Stufen zu einem weitgehenden Abzug der Amerikaner. Im Mai wurden die amerikanischen Bombenangriffe eingestellt. Die riesigen PX-Läden in Cho Lon reduzierten ihr Sortiment. Nur der Absatz kitschiger Souvenirs für die amerikanischen Soldaten stieg sprunghaft.

In Cho Lon normalisierten sich vorübergehend die Geschäfte. Restaurants füllten sich, nachts dominierte das Klicken der Mahjongsteine. Der Vater war glücklich, seine Brüder hatten die Unruhen gut überstanden.

Luc war inzwischen so gut in das Geschäft eingearbeitet, dass er den Vater stark entlasten konnte. Auch Hung begann im elterlichen Geschäft tätig zu werden. Die freien Tage wurden seltener. Luc traf Nam nur noch einmal, höchstens zweimal im Monat. Er war jetzt davon überzeugt, dass Nam nach der Gefangennahme im Dschungel gelegentlich für die Befreiungsfront in Saigon tätig war. Nam mied das Thema, Luc konnte ihn nicht offen fragen, um Nam nicht zu kompromittieren. Er sprach deshalb sehr selten über politische Themen und wenn, dann nur über Ereignisse in Cho Lon, die sie alle betrafen.

18

Anfang 1975 wuchs die allgemeine Spannung. Noch waren die meist kleinen Läden in Cho Lon mit Waren bis zur Decke vollgestopft, noch drängten sich die Käufer, noch dröhnte überlaute Radiomusik durch die Straßen. Der Verkehr wurde immer chaotischer, Mopeds, Fahrräder, meist alte, klapprige Autos. Aber es fehlten bereits viele Ersatzteile, Fahrzeuge wurden provisorisch repariert, Türen mit Drähten zusammengehalten.

Luc war besorgt. Viele Kunden ließen sich viel Zeit beim Einkauf, standen in Gruppen herum, diskutierten die politische Lage, mit Luc, manchmal auch mit Hung, und natürlich miteinander. Das Vertrauen in die Regierung war schon längst geschwunden. Viele Chinesen waren ratlos, was würde die Zukunft bringen?

Long blieb optimistisch und hielt sich aus langen Diskussionen heraus. Er arbeitete so, als sei die Situation normal, fleißig und gewissenhaft. Seine

Frau verwaltete streng die Kasse, er konnte sich voll auf sie verlassen, die Geschäfte liefen gut. Die Amerikaner kauften nach wie vor, aber die Mengen waren kleiner geworden. Nur mit Importwaren hatte er Probleme. Durch den anhaltenden Krieg blieben viele Lieferungen aus. So musste auch er lernen zu improvisieren, aber noch war das kein wirkliches Problem.

Von Schwarzmarktware hielt er nichts, er war stolz auf viele Jahrzehnte ehrlichen Geschäfts. Natürlich wusste auch er, dass skrupellose Mittelsleute Waren aus amerikanischen Geschäften und aufgegebenen Villen stahlen und diese günstig verkauften. Die Korruption wuchs ins Maßlose, die Moral sank. Luc und Hung kämpften mit der Versuchung, ihr Vater blieb gelassen und ermahnte seine Söhne immer wieder. Für ihn galten unverändert die alten konfuzianischen Moralbegriffe.

Die nordvietnamesische Armee und Einheiten der Befreiungsfront kämpften sich von Sieg zu Sieg. Die Provinz Phuoc Long wurde erobert. Am Folgetag erzählten mehrere Kunden Luc vom Gerücht, dass die amerikanische Armee beschlossen hätte, nach Südvietnam zurückzukehren, nachdem sie sich ab 1973 nach und nach aus dem Land zurückgezogen hatte. Sie würde helfen, Saigon zu verteidigen. Luc war aufgeregt und bat seinen Vater um ein kurzes vertrauliches Gespräch.

Long war skeptisch: "Das sind doch nur hysterische Gerüchte. Der amerikanische Kongress müsste das beschließen, nach allem, was wir hier gehört haben, halte ich das für ausgeschlossen."

Wie immer behielt Long Recht, sein Urteil war stets abgewogen und sachlich überlegt. Seine Söhne waren ängstlicher und emotionaler. Am

Abend traf sich Luc mit Nam in der Hôi Quan Tam Son Versammlungshalle. So viele Besucher hatte er dort selten gesehen. Er begrüßte viele seiner Kunden, erst nach einer halben Stunde fanden er und Nam eine ruhige Ecke mit zwei Schemeln. Hier konnten sie zwei Stunden in Ruhe diskutieren.

Nein, auch Nam glaubte den Gerüchten nicht: "Es wird ohnehin zu viel geschwätzt. Die Menschen in Saigon sind einfach verunsichert. Wir können froh sein, dass wir uns bis jetzt aus dem aktiven Militärdienst der südvietnamesischen Armee heraushalten konnten. Das haben wir unseren Vätern zu verdanken."

Luc rieb sich die Augen, Weihrauchschwaden drangen bis in diese abgelegene Ecke, noch immer war der Tempel überfüllt. Nam erkundigte sich nach Pierre Gautier. Nein, auch Luc hatte schon lange keinen Kontakt mehr, sein Vater kaufte schon seit Jahren nichts von der belgischen Firma, die Konkurrenzpreise für asiatische Produkte waren einfach niedriger und auf Qualität achtete kaum noch ein Kunde. Das war schade, aber nicht zu ändern. Pierre war wohl noch ein- bis zweimal in Asien gewesen, aber nicht wieder in Vietnam. Vielleicht würde sich das nach dem Krieg ändern.

Nam war skeptisch: "Es kommt gewiss zu einer gesellschaftlichen Neuorientierung, bei der für Luxus zunächst kein Platz sein wird."

Nam erzählte wenig über seinen Tagesablauf. Nur so viel: "Ich verbringe jetzt den ganzen Tag in der chinesischen Medizinhandlung meines Vaters. Heilmittel werden immer benötigt und wir sind kaum von Importen abhängig, da haben wir es leichter als ihr in euerem Geschäft."

83

"Habt ihr Probleme mit den Vietkong-Partisanen, die überall in Cho Lon präsent sind?"

Das war wieder das Thema, dem Nam auswich. Er bemerkte nur vage: "Wir alle spüren doch die Präsenz der Partisanen, der gelegentlichen 'Steuereintreiber'. Da muss man sich eben arrangieren."

Es war ein stickiger Abend, windstill, die Zeit vor dem Regen. Unter den Tamarindenbäumen ruhte die Luft. Die Hemden klebten am Körper, draußen stand der schwere Geruch der Autoabgase. Noch immer vibrierte der Verkehr, nur schwach übertönt von den Rufen der abendlichen Suppenverkäufer.

"Hast du schon eine feste Freundin?"
Nam sah gedankenverloren an Luc vorbei.
"Das muss warten, wir sind ja noch jung. Wichtiger ist, dass endlich unser Land befreit wird, die schrecklichen Kriegsjahre in eine positive Periode des Aufbaus übergehen."

Irgendwo, weit entfernt, dröhnten die Explosionen von Bomben.

Dann, wenige Wochen später, erreichten Flüchtlingsströme die Stadt, verzweifelte Menschen aus den Provinzen, die kaum etwas gerettet hatten, nur eben das, was sie tragen konnten. An den Straßenrändern lag ihre übrige Habe und schon wieder waren da die Kriegsgewinnler, die alles horteten, was in ihre Fahrzeuge passte. Viele versuchten, die kleinen Pferdewagen zu mieten, die die Gemüsehändler aus den Vororten benutzten. Elend und Korruption weiteten sich aus.

## 19

Alles Weitere kam viel schneller als erwartet. Mitte März zog sich die südvietnamesische Armee in einer chaotischen, überstürzten Aktion aus dem Hochland zurück, der Flüchtlingsstrom war nicht mehr zu bändigen. Die nordvietnamesischen Truppen füllten das Vakuum.

Es war wie ein Flüstern, das zu einem Orkan anschwoll, Gerüchte und Ängste kochten hoch. In Cho Lon wussten die Kunden jeden Tag von neuen Ereignissen zu berichten. Die nordvietnamesische Armee, an den Flanken von der Befreiungsfront unterstützt, schien das Land zu überrollen. Am 25. März wurde Hué eingenommen, die alte Kaiserstadt in Zentralvietnam.

Der Vater fürchtete den Kampf in den Straßen von Saigon und Cho Lon. Nach dem Fall von Hué und Da Nang beriet er sich mit seiner Familie. Sie saßen an dem kleinen Esstisch, die Mutter hatte ein mehrgängiges Mahl gekocht, wie an Festtagen. Einer der Brüder des Vaters, der sich um die Reisfelder der Familie außerhalb von Saigon kümmert, war in die Stadt gekommen. Sie waren beunruhigt, von ihrem Bruder in Hôi An hatten sie nichts gehört, auch Hôi An war jetzt in der Hand der nordvietnamesischen Armee.

"Wir müssen damit rechnen, dass die Nordvietnamesen und die Vietkong in wenigen Wochen nach Saigon kommen. Vielleicht wird die Stadt verteidigt, wir wissen es nicht. Vielleicht kommt es auch hier zu chaotischen Verhältnissen und Plündereien. Also müssen wir vorsorgen."

Er schwieg, trank einen Schluck grünen Tee. Alle nickten, niemand widersprach.

"Ich habe deshalb beschlossen, dass wir nächste Woche den Laden schließen. Auch unsere Nachbarn haben ähnliche Pläne. Luc und Hung, ihr bleibt hier in der Wohnung, geht erst dann auf die Straße, wenn sich die Lage beruhigt hat."

Alle hatten ernsthaft zugehört.
Luc hielt die Maßnahmen für verfrüht, der Vater aber war kompromisslos. Seinem Bruder riet er: "Phuc, du fährst sofort wieder in die Provinz und bleibst in der Nähe der Reisfelder. Dort dürfte es vorläufig sicher sein. Hier in der Stadt kann es leicht zu einer Hysterie kommen."

Der Vater war der älteste der Brüder, auf ihn hörte die Familie. Die Mutter schwieg, sie schien einverstanden, er hatte wohl schon vorher mit ihr darüber gesprochen.

Am 29. April verließen die restlichen Botschaftsmitglieder die amerikanische Botschaft. In den Straßen herrschte Chaos, reiche Südvietnamesen, Offiziere und Funktionäre drängten zum Hafen, erstürmten die Busse der Amerikaner, um mit den letzten 1400 Amerikanern auf Hubschraubern das Land zu verlassen. In der Nähe der Küste warteten die Schiffe der 7. US-Flotte.

Viele, die nicht mehr mitkamen, fühlten sich von den Amerikanern betrogen. Schon in den Vortagen verließen viele südvietnamesische Führungskader in Transportflugzeugen das Land. Luc hörte davon nur aus

Berichten des Vaters und gelegentlicher Besucher. Es war wohl ein tragisches, schlecht organisiertes Gewimmel, nicht alle konnten reisen, aber den engsten Vertrauten der Amerikaner half man, so gut es ging.

Als dann am Abend die nordvietnamesische Armee und Einheiten der Befreiungsfront in Saigon einmarschierten und den Krieg am nächsten Tag, dem 30. April um 11 Uhr vormittags, kampflos beendeten, wartete die Familie zunächst das weitere Geschehen ab. Long war beruhigt, es war zu keinem Blutbad gekommen, die Übergabe der Stadt erfolgte sehr diszipliniert. Das ließ für die Zukunft hoffen.

Vorsichtshalber versteckte er unter den Dielen des Hauses alle kleinen Wertsachen: den Schmuck seiner Frau, seine goldene Armbanduhr, einen Teil des Bargeldes. Er hatte, zu einem horrenden Wechselkurs, den größten Teil des Geldes in US- Dollarscheine gewechselt. Luc war überrascht, dass sein Vater an so vieles gleichzeitig dachte.
"Luc, denk doch an die Möglichkeit, dass wir nordvietnamesisches Geld erhalten könnten und unser Geld fast wertlos wird."

Der Vater verbrannte alle Dokumente, die auch nur vage Verbindungen zur alten südvietnamesischen Regierung oder einzelnen Beamten dokumentierten. Dazu gehörten auch alle Rechnungskopien der Barverkäufe an die amerikanische Armee.

Er hatte sich mit den Nachbarn abgestimmt. Auch an seinem Geschäft hing jetzt die rote Fahne der Volksrepublik China. Es war schwierig gewesen, noch eine Fahne aufzutreiben, viele chinesische Ladenbesitzer in Cho Lon wollten damit eine Verbundenheit mit der kommunistischen Ideologie vortäuschen, um so alle Probleme mit den Eroberern zu vermeiden.

Der Laden blieb geschlossen, durch Eisenriegel gesichert. Cho Lon wirkte wie eine Geisterstadt. Auch die sonst so lebhaften Restaurants öffneten nicht.

Schon am nächsten Tag wurden Saigon und Cho Lon zusammen mit einigen Vorstädten in "Ho Chi Minh City" unbenannt, aus Cho Lon wurde ganz prosaisch "Bezirk 5".

Nordvietnamesische Soldaten patrouillierten durch die Straßen, ganz diszipliniert, die Bewohner wurden nicht belästigt. Wenn sie einen Freudentaumel erwartet hatten, wurden sie enttäuscht, man begegnete ihnen höflich, aber reserviert.

Wenige Tage später wurde von der neuen Regierung angeordnet, dass alle Geschäfte und Restaurants wieder geöffnet werden sollten. Long war skeptisch, folgte jedoch den Anweisungen. Er bat Luc und Hung, jeweils nur abwechselnd im Laden zu sein. Noch war es zu früh, die weitere Entwicklung abzuschätzen.

Vor den Geschäften stauten sich die Bo Doi, die nordvietnamesischen Soldaten. So viele Schätze hatten sie nicht erwartet, in ihrer Heimat waren sie nur die wirklich notwendigen Produkte gewohnt. Da gab es Geräte der Unterhaltungselektronik, die sie nur aus Zeitschriften kannten, modische Bekleidung und eine riesige Auswahl alkoholischer Getränke. Dann waren da die Straßenhändler, die gestohlene Waren offen anboten. Die amerikanischen PX-Läden hatten ja eine riesige Auswahl, nicht nur an Konserven, sondern auch Gebrauchsgütern aller Art. In den Zeiten vor der Aufgabe von Saigon wurden sie von Schwarzhändlern fast leer geräumt.

20

Am 15. Mai sollte die offizielle Siegesparade stattfinden. Long wollte seine Wohnung nicht verlassen, aber Luc und Hung hatten sich mit Nam verabredet, um am Platz des Unabhängigkeits-Palastes diesem historischen Ereignis beizuwohnen. Welche Menschenmenge! Da drängten sich mehrere hunderttausend Menschen, Männer, Frauen und Kinder.

Aus Hanoi war Präsident Ton Duc Thang gekommen, der greise Nachfolger von Ho Chi Minh. Nach dem Tod von Onkel Ho im September 1969 hatte er dessen Amt als Präsident der "Demokratischen Republik von Vietnam" übernommen. Über der Menschenmenge wogte ein Meer von Bildern von Onkel Ho und zahlreichen Fahnen Nordvietnams, nur ganz vereinzelt war eine Flagge der Befreiungsfront zu sehen, rot und blau mit dem gelben Stern.

Von der Tribüne klangen die Worte von Ton Duc Thang:
"Diesen Tag widmen wir dem großen Ho Chi Minh." Frenetischer Beifall, die Menge war gerührt und begeistert.

Etwas abseits auf der Tribüne standen Nguyen Huu Tho als Vertreter der "Provisorischen Revolutions-Regierung der Republik Süd-Vietnam" und

Pham Hung für die südvietnamesische kommunistische Partei, die an der Eroberung von Saigon beteiligt war.

Es folgte eine großartige Parade, dominiert von den Einheiten der nordvietnamesischen Armee.

Nam drehte sich zu Luc um, flüsterte ihm zu: "Und wie bescheiden sind dagegen die wenigen Truppen der Befreiungsfront, die geradezu im Schatten der Nordvietnamesen marschieren. Sie wirken müde und abgekämpft."

Nam schien enttäuscht, bitter enttäuscht. Luc und Hung waren begeistert von dem riesigen Fest. Nam ging frühzeitig, er hatte wohl noch einen wichtigen Termin im Geschäft seines Vaters.

21

Der ehemalige Leiter des Dschungelcamps sah müde und alt aus. Nam war überrascht, er hatte ihn groß und muskulös in Erinnerung. Er hatte eine lange Narbe im Gesicht, über die gesamte linke Seite, von der Höhe des Auges bis zum Kinn. Nam sprach ihn nicht darauf an, das würde ihn nur bedrücken, zumal die Narbe sein Gesicht leicht entstellte.

Das Restaurant war spärlich beleuchtet, die einzelne Glühlampe schaukelte bei jedem leichten Luftzug und warf gespenstische Schatten. Die hellblau gestrichene Wand war fleckig, der Tisch wackelte. Aber das Bier schmeckte erfrischend. Nam hatte auch dem Lagerleiter ein Bier bestellt, der nervös schien und eine Zigarette nach der anderen rauchte. Nam hatte Mühe, ihn aus der Reserve zu locken.

"Wir sollten uns freuen, nach all den Kämpfen, den bitteren Entbehrungen konnten wir endlich die marode Diktatur des Südens beseitigen, für eine gemeinsame, progressive Zukunft."

Der Lagerleiter rieb sich die geröteten Augen, sein faltenreiches dunkelbraunes Gesicht wirkte schlaff.

"Nam, ich fühle mich ausgelaugt, müde, irgendwie ganz leer. Kannst du das verstehen? Nach den vielen Jahren des Kampfes, der vielen Entbehrungen bin ich jetzt überflüssig geworden. Die Nordvietnamesen haben gesiegt, ohne sie hätten wir wahrscheinlich unser Ziel nicht erreicht, aber ich hatte gehofft, dass der neue Staat spannende Aufgaben für mich bereithält. Was haben wir stattdessen: eine wachsende Bürokratie und nur ganz langsame Fortschritte. Vielleicht habe ich mir zu viele Illusionen gemacht."
Er war so ernst, so verbittert.

Natürlich war auch Nam nicht entgangen, dass fast alle Führungspositionen im Süden durch kommunistische Funktionäre aus Hanoi besetzt wurden.
"Um den maroden Staat im Süden in den Griff zu kommen, war wohl eine langsame Annäherung zwischen Hanoi und Saigon kaum möglich. Hanoi will auch eine möglichst rasche Anpassung des Lebensstandards zwischen dem Norden und Süden erreichen. Da muss der Süden die größeren Opfer bringen."

"Nam, du sprichst wie ein Tonkinese."

Er wollte ihn absichtlich provozieren.

Nam schwieg eine Weile und meinte dann: "Ich versuche doch nur, die Mentalität des Nordens zu verstehen. Ohne die nordvietnamesische Armee hätten wir nicht so schnell die Freiheit erreicht. Denk doch an das Desaster der TET Offensive 1968."

"Nam, vergiss nicht: Zwanzig Jahre, meine besten Jahre, habe ich für den Kampf im Dschungel geopfert. Was ist mein Lohn: ein banales Leben mit ziellosen Nachmittagen. Immer glaubten wir, Helden zu sein, aber man hat uns schon jetzt vergessen. Nur die Kader aus dem Norden bestimmen das Leben, Kader, die Mühe haben, die lockere Mentalität des Südens zu verstehen und die erheblichen kulturellen und wohl auch religiösen Unterschiede. Ich glaube manchmal, dass sie damit einfach überfordert sind."

Nam konnte ihm nicht helfen, das Gespräch drehte sich immer mehr im Kreis. Sie versuchten, über banale Alltagsprobleme zu sprechen, aber auch das schien nicht zu gelingen.

Wie zum Abschied sagte der ehemalige Lagerleiter: "Vielleicht ist es einfach so: Wenn man weint, kann man nicht mehr klar sehen. Wir alle haben im Krieg gelitten, die Frauen fast noch mehr als wir Männer. Wir werden auch die Nachkriegszeit meistern."

Der Lagerleiter behielt recht: Die "Provisorische Revolutionsregierung", noch 1973 Partner bei den Pariser Friedensverhandlungen, verlor immer mehr an Bedeutung, die eigentliche Macht lag in Hanoi.

Das Leben wurde immer mehr reglementiert. Disco Musik und vor-revolutionäre Marschlieder waren verpönt, so manches Restaurant hatte darunter zu leiden. Dann wurden zahlreiche Luxusrestaurants geschlossen, sie galten als kapitalistisch und die Regierung belastete sie mit hohen Luxussteuern. Dafür gab es in der ganzen Stadt immer mehr billige Imbissstände.

22

Das Leben in Cho Lon, in Saigon veränderte sich von Woche zu Woche. Schulen wurden vorübergehend geschlossen und reorganisiert, viele neue Lehrer kamen aus Hanoi. Das Hotel "Continental Palace", in dem Pierre Gautier gewohnt hatte, hieß jetzt "Hotel des Volksaufstandes". Hier durften nur noch ausgewählte Kader wohnen.

Die Versorgungslage wurde immer kritischer. Nur Gemüse war reichlich erhältlich, vor allem Wasserspinat. Die übrigen Lebensmittel wurden rationiert, Marken eingeführt. Nach den ersten Monaten befreiender Ruhe führte man in Cho Lon immer mehr Kontrollen ein. Die Kader aus Hanoi trauten den chinesischen Geschäftsleuten nicht, deren Clan-Verbindungen, deren undurchsichtigen Familienbanden und Loyalitäten, die bis nach China reichten.

Der Vater überlegte, wie er für seine Familie diese Periode der Umorganisation ohne Schaden überstehen konnte. Er wollte, er durfte nicht länger warten, er musste handeln. Also versammelte er eines Abends seine

Familie für ein entscheidendes Gespräch. Wieder saßen sie an dem alten Esstisch, wieder hatte seine Frau ein mehrgängiges Mahl gekocht.

"Ihr habt sicherlich auch die Gerüchte gehört. In den letzten Tagen berichten immer mehr Kunden von Umerziehungslagern in Dörfern, fern der Familien, nicht nur für ehemalige südvietnamesische Kader, sondern auch für andere Sympathisanten des früheren Regimes. Viele Chinesen werden zwangsweise in 'Neue Wirtschaftszonen' umgesiedelt, unentwickelte Gebiete ohne Infrastruktur."

Luc nickte, auch ihm hatte man davon berichtet: "Van Si, einer meiner regelmäßigen Kunden, erzählte mir, dass sogar Geschäftsleute und Mitglieder religiöser Gemeinschaften wie der Cao Dai betroffen seien, ja sogar Buddhisten und Christen."

Der Vater sagte: "Noch sind das unbestätigte Gerüchte, vielleicht auch etwas übertrieben, wie so häufig in einer schwierigen Phase, dennoch müssen wir mit wachsenden Problemen rechnen.

Ich hörte, dass alle Einwohner in den nächsten Tagen genau registriert werden sollen. Wir alle haben uns weder politisch betätigt noch das alte Regime unterstützt, aber als chinesische Geschäftsleute sind wir natürlich suspekt und mit einer ideologischen Schulung müssen auch wir rechnen, wenn auch nur für kurze Zeit. Das betrifft vor allem euch, Luc und Hung, denn ihr seid jung, euch gehört die Zukunft."

Also hatte der Vater beschlossen, seine Söhne vorübergehend in das kleine Dorf in der Nähe ihrer Reisfelder zu schicken, dort könnten sie ihrem Onkel

Phuc helfen, der mit wachsenden Problemen zu kämpfen hatte. Phuc erzählte, dass die meisten Arbeiter einfach verschwunden waren, sie ließen sich auch nicht zur Erntezeit blicken.

"Ich weiß, dass das eine harte, für euch ungewohnte Arbeit ist. Aber Phuc schafft die Arbeit nicht alleine, er kann sich nicht immer um die Wasserbüffel kümmern und die Erntezeit steht bevor. Wir können die Felder nicht unbeaufsichtigt lassen, wir wollen doch nicht, dass ein großer Teil des Landes enteignet wird. Und denkt daran, dass ihr dann im Dorf registriert werdet, dort seid ihr sicherer als in Cho Lon.

Den Laden kann ich solange zusammen mit unserem Verkäufer Tan führen, auch Tan ist alt, ihm wird nichts geschehen. Und eure Mutter wird mich unterstützen. Wenn wir alle vorübergehend auf das Land ziehen würden, müssten wir damit rechnen, dass der Laden beschlagnahmt wird."

Eile war geboten. Für längere Reisen waren Passierscheine notwendig, die Überlandstraßen wurden kontrolliert. Noch war es möglich, das Dorf an der Peripherie von Ho Chi Minh City ohne Kontrolle zu erreichen, aber auch das konnte sich schnell ändern.

Luc war von den Anweisungen des Vaters nicht begeistert. Er hatte bisher nur sehr selten die Felder besucht, er wusste, wie hart, wie ungewohnt die Arbeit war, er hatte vage Kindheitserinnerungen an wilde Gewitterstürme und einen strengen Onkel. Auch sein jüngerer Bruder war nur das Großstadtleben gewohnt.

Aber der Vater duldete keine Diskussion.

## 23

Die Stille der Felder war ungewohnt, fast unheimlich, nachts bedrückten sie die weiten dunklen Horizonte. Luc und Hung trugen weiße Hüte, unter denen die Gesichter fast verschwanden, ausladende schwarze Hosen, äußerlich unterschieden sie sich nicht von den Arbeitern. Das war gut so.

Ihre Hütte war direkt neben der von Phuc und seiner Frau, die sie kaum kannten. Ihr Onkel hatte sie freundlich empfangen, er wollte helfen, so weit das möglich war, sie ganz langsam an die Arbeit heran führen. Er war einige Jahre jünger als der Vater, klein und dick, aber sehr kräftig und beweglich, mit dunklen Zähnen vom vielen Rauchen und geröteten Augen vom Trinken.

Des Nachts, bei Kerzenschein in der kleinen, spärlich möblierten Hütte, sprachen Luc und Hung nur leise miteinander, trauten sich nicht nach draußen, sie fürchteten die Militärpatrouillen und die Schlangen. Sie mieden das Dorf, die Diskussionsrunden der Bauern. Das war eine andere Welt, eine andere Klasse, mit der sie keine Gemeinsamkeiten hatten. Nur nicht auffallen, das war das Wichtigste.

Mit ihrem Onkel hatten sie kaum gemeinsame Gesprächsthemen. In der Dämmerung, wenn die Arbeit ruhte, saßen sie mit ihm an dem einfachen Holztisch, der unter dem knotigen Mangobaum stand, und spielten Karten. Das entspannte, lenkte ab. Tagsüber suchten sie immer wieder den schwachen Schatten der Arekapalmen und der Kokospalmen, die direkte Sonne waren sie nicht gewohnt.

Sie sehnten sich nach Cho Lon, nach der Arbeit in ihrem Laden, dem quirligen Leben der großen Stadt.

"Haltet einige Wochen durch, es wird nicht leicht werden", hatte der Vater gesagt, "nur so lange, bis sich die Situation in Cho Lon stabilisiert hat. Das dauert wahrscheinlich nicht lange".

Das Wissen, es handle sich nur um eine begrenzte Zeit, machte Mut.

Aber aus Wochen wurden Monate. Phuc freute sich, dass er Hilfe hatte, obwohl sich die Brüder am Anfang so ungeschickt verhielten und so schnell müde und durstig wurden.

Luc kaufte ein, er kochte fast immer für sich und Hung, das machte mehr Spaß als die monotone, strapaziöse Feldarbeit. Gelegentlich verbrachten sie den ganzen Abend mit Phuc, dann kochte seine Frau ein einfaches Gericht. Der kleine Dorfladen bot nur die notwendigsten Lebensmittel. Strom hatte hier niemand, abends brannten Petroleumlampen oder einfache Kerzen.

Gelegentlich besuchte sie Tan, der alte Mitarbeiter in dem Laden des Vaters, der die weite Strecke von Cho Lon mit seinem Fahrrad fuhr und abends müde und verschwitzt in ihre Hütte kam. So waren sie immer informiert, über ihre Eltern, über die neuesten Ereignisse.

Auch in Cho Lon gab es abendliche Diskussionsrunden mit Funktionären, immer mehr Ladenbesitzer wurden in Lagern ideologisch geschult. Alle Bewohner, die erst in den letzten Jahren nach Saigon gekommen waren, mussten zurück in ihre Dörfer oder wurden in "neue Wirtschaftszonen" umgesiedelt, wo brachliegendes Land urbar gemacht werden sollte. Die Unruhe stieg, viele Chinesen versuchten, das Land zu verlassen.

"Lebensmittel werden immer teurer. Jeder Bewohner erhält nur neun Kilogramm Reis im Monat, da müssen wir auf dem Schwarzmarkt dazukaufen und das ist teuer und nicht immer unproblematisch. Je mehr Einwohner Cho Lon verlassen, je schwieriger und unsicherer wird die Lage."

Im April 1976 beschloss Hanoi, eine gemeinsame Nationalversammlung von Nord und Süd zu wählen und am 2. Juli wurde dann endlich die "Sozialistische Republik Vietnam" gegründet.

Im Dezember 1976 fand in Hanoi der 4. Parteitag statt, Le Duan wurde Generalsekretär, das Land richtete sich wirtschaftlich mehr und mehr nach der Sowjetunion aus und nicht nach China.

Viel weitreichendere Folgen für das Geschäft des Vaters hatte jedoch die Währungsreform. Am frühen Morgen kamen mehrere Kader in sein Geschäft und wollten den Vater sprechen.

"Wir sind beauftragt, Sie davon zu unterrichten, dass der alte Dong ab sofort ungültig ist. Sie müssen diesen bei ihrer Bank in neue Dong wechseln, aber nicht mehr als 200 Dong pro Familie."

Als die Kader gegangen waren, sprach Long über die neue Situation mit seiner Frau. "Wir müssen uns dem neuen Dekret fügen. Geahnt hatte ich ja so etwas seit langem, deshalb habe ich unser Barvermögen schon vor mehreren Wochen in Schmuck und Devisen getauscht. Jetzt heißt es, geschickt und unauffällig zu manipulieren, damit wir unseren Lebensstandard halten können."

Es blieb nicht bei dieser Maßnahme. Schon wenige Tage später musste der Vater seine Geschäftsbücher und sämtliche Kontoauszüge vorzeigen, damit alle Kontoverflechtungen aufgedeckt und kontrolliert werden konnten. Die Regierung setzte alle Preise und Gewinnspannen fest. Long und seine Frau waren tagelang damit beschäftigt, für alle Artikel im Geschäft neue Preise zu kalkulieren und alle Waren im Regal entsprechend auszuzeichnen.

24

Kurze Zeit später nahm Tan wieder den beschwerlichen Weg auf sich und besuchte sie im Dorf. Er war nervös und aufgeregt.

"Der Vater möchte, dass ihr sofort zurückkehrt."

Luc und Hung verabschiedeten sich von Phuc und seiner Frau, es gelang ihnen, ein Auto zu finden, das sie nach Cho Lon zurückbrachte.

Am Abend saßen sie an dem runden Esstisch, verstört und verunsichert. Wie viele der wohlhabenden Nachbarn sollte Luc flüchten, sofort, der Vater fürchtete, dass die politische und damit auch die wirtschaftliche Situation dramatisch schlechter werden könnte. Hung sollte zunächst noch in Cho Lon bleiben, es sei besser, Schritt für Schritt vorzugehen.

Der Vater sprach wieder ein Machtwort, da gab es keine Ausflüchte, die Mutter schwieg, verängstigt, beunruhigt. Luc sei noch jung, ein neues Leben in einem anderen Land, ein neuer Anfang, das sei möglich. Wenn er Fuß gefasst habe, könne Hung folgen, vielleicht sogar der Rest der Familie. Das müsse man zunächst abwarten, der Vater, die Mutter seien eigentlich für einen Neuanfang zu alt, sie hätten wohl auch kaum etwas zu befürchten. Und Hung würde für sie sorgen.

Tham, der Onkel aus Hôi An, könnte helfen, es gelang dem Vater, Verbindung zu ihm aufzunehmen.

"Es geht ihm gut, obwohl seine Geschäfte mühsam sind und er nur ein minimales Einkommen hat. Seine Frau hat einen Bruder, der schon seit vielen Jahren in Deutschland arbeitet und in Hamburg, einer großen Hafenstadt, ein chinesisches Restaurant führt. Dort bist du, Luc, herzlich willkommen, du kannst im Restaurant helfen und dich in die vollkommen andere Umgebung einleben. Sobald du den schwierigen Start gemeistert hast, kommt Hung zu dir.

Ich weiß, das ist ein fremdes Land mit anderer Mentalität, mit einer Sprache, die du nicht verstehst, aber hier in Cho Lon sehe ich keine Zukunft für unsere Familie. Wir müssen einen Neuanfang wagen. Du bist jung, du hast ein Gespür für Geschäfte, du wirst das bestimmt meistern."

"Und wie kann ich das Land verlassen?"

"Auch hierfür hat Tham eine Lösung. Er kennt den Kapitän eines Frachtschiffes, auch er ist ein entfernter Verwandter seiner Frau und möchte selbst das Land verlassen. Wir sind sicher, dass er kein Provokateur ist. Das Boot ist alt, aber noch seetüchtig, bis nach Malaysia werdet ihr es schaffen. Dort leben ja viele Chinesen und eine Weiterfahrt nach Deutschland dürfte problemlos sein."

Das klang alles so einfach, aber Luc hatte so viel über vergebliche Fluchtversuche gehört, dass er die Zukunft fürchtete. Mehr als 200.000 Einwohner waren angeblich bereits aus Ho Chi Minh City geflohen.

"Dem Kapitän habe ich meine goldene Uhr geschenkt, als Bezahlung für die Passage. Zum Glück hatte ich sie gut versteckt, unter den Dielen des Schlafzimmers. Dir werde ich nur wenige Wertsachen mitgeben, die thailändischen Piraten überfallen bevorzugt Flüchtlingsboote, wir müssen vorsichtig sein. Auch sonst musst du dich auf wichtige Kleidungsstücke beschränken, an Bord des kleinen Schiffes ist nicht viel Platz."

Sein Vater war streng und konsequent. Nein, von seinen Freunden dürfe er sich nicht verabschieden, nicht einmal von Nam, die Flucht müsse Geheimnis der engeren Familie bleiben, ein Risiko könne man nicht eingehen.

25

Luc hatte bisher noch nie Details seiner Flucht berichtet, noch nicht einmal seiner Frau. Erst jetzt, Anfang 1995 in Hamburg, gelang es ihm, in Ruhe Hung davon zu erzählen:

Während der ersten Jahre in Deutschland kehrte der Albtraum immer wieder zurück, obwohl Luc doch so bemüht war, das alles zu verdrängen. Wie oft war er nachts hochgeschreckt, es war ihm, als triebe sein Bett durch Wellenhöhen und Tiefen, die Angst, das überladene Schiff könnte kentern, alles wäre umsonst. Und dann die Furcht vor Seeräubern. Aber da war der Wille durchzuhalten, er war doch noch so jung, seine Zukunft war doch jetzt hier, nicht mehr in Vietnam. Er trank einen Schluck Wasser, versuchte, weiter zu schlafen. Alles sei doch gut. Erst gegen Morgen schlief er ein, schweißgebadet. Wie häufig hatte er mit diesem Albtraum kämpfen müssen. Mit der Zeit wurde es leichter, zu viele neue Eindrücke lenkten ab.

Und die Albträume wurden in der Tat seltener, verblassten, lösten sich schließlich auf. Luc träumte jetzt nur noch selten auf Vietnamesisch, immer häufiger auf Deutsch. Er besuchte regelmäßig die buddhistische Pagode in Hannover und sammelte dort neue Kraft. Gelegentlich fragte er sich, ob auch die Mönche nachts träumten und, falls ja, worüber?

Anh hatte für sie einen großen Topf grünen Tee gekocht und verschiedene Knabbereien auf den Sofatisch gestellt. Luc und Hung konnten ganz entspannt sprechen, Anh würde sie nicht stören und inzwischen eine Freundin besuchen:

Bevor Luc das Elternhaus damals verließ, ging er in die Chua Thien Hau Pagode in der Nguyen Trai Straße, um die barmherzigen Göttin, Patronin der Fischer und Seeleute, um Beistand zu bitten. Er betrat die alte kantonesische Pagode mit zitternden Knien. Hier drängten sich Besucher, meistens Frauen, aber heute auch Männer und Kinder, die Luft betörte durch dichte Weihrauchschwaden, am Eingang verbrannten alte Männer symbolisch Papiergeld in einem rußgeschwärztem Ofen, um den Ahnen in der jenseitigen Welt zu helfen.

Luc betrachtete die schönen glasierten Keramikfiguren an den Wänden und das Schiffsmodell der ersten Kaufleute, die vor zweihundert Jahren von Kanton nach Cho Lon gesegelt und von Thien Hau auf ihrer gefährlichen Reise beschützt worden waren. Wie dringend brauchte auch er ihren Schutz! Auf einem großen Bild war drastisch dargestellt, wie Thien Hau Seeleute aus einem gekenterten Schiff rettet.

Luc spendete der Göttin eine große Räucherspirale, die würde tagelang glimmen und nicht so schnell verglühen wie die Räucherstäbchen in den großen Bronzegefäßen. Ihr Duft würde zu der Göttin aufsteigen. Ohne die Hilfe von Thien Hau und ihrer gewitzten Gehilfen, gezähmten Dämonen, waren die Boote schutzlos im Ozean den Stürmen und Seeräubern ausgeliefert.

Sobald einer ihrer Gehilfen einen Warnruf ausstieß, schwebte Thien Hau auf einer Matte über die Meere und Wolken, um zu helfen. Thuon Phong Ni, in der Pagode mit grünem Gesicht dargestellt, begleitete sie, er konnte mehr als tausend Meilen weit hören und der zweite Gehilfe, Thien Ly Nhan, mit rotem Gesicht, tausend Meilen weit sehen.

Im 11. Jahrhundert wollte die Tochter von Lin, einem Fischer in der chinesischen Provinz Fukien, auf dem Meer reisen, doch niemand nahm sie mit, alle großen Boote fuhren vorbei, beachteten sie nicht. Nur ein armer Fischer mit einem winzigen Boot hatte Mitleid. Dann aber kam ein gewaltiger Sturm auf, doch dank der besonderen Magie der Tochter wurde ihr Boot als einziges gerettet. So also begann sie jenen zu helfen, die sich ihr anvertrauten. Und seitdem wird sie von allen Meeresreisenden verehrt.

Nachdem Luc seine Räucherspirale gespendet hatte, schlug ein betagter Mönch eine große bronzene Glocke, auf dass die Göttin alsbald von der Spende erfahren konnte. Im Versammlungsraum trank Luc anschließend ein Glas Tee mit drei Kunden, die er zufällig traf. Von seinen Plänen erzählte er nichts. Bevor er die Pagode verließ, besuchte er noch die zwei Landschildkröten, die sie beschützten.

Dann, um ganz sicher zu gehen, ging Luc die wenigen Meter bis zur Hôi Quan Ha Chuong Versammlungshalle der Fukien Gemeinde, um auch hier Thien Hau zu ehren und ihr Bild zu bewundern.

Am nächsten Tag, nur einen Tag vor der Flucht, opferte er Räucherstäbchen am Hausaltar der Familie. Der Abschied fiel ihm so schwer. Er wusste nicht, wann er seine Eltern, seinen Bruder, seine Freunde, seine Heimatstadt wiedersehen würde.
Wie zum Trost sagte der Vater: "Ohne Trennung gibt es kein Wiedersehen."

Seinen kleinen grünen Jadebuddha würde er immer bei sich tragen – und natürlich die Fotos seiner Eltern.

26

Die meisten Chinesen aus Cho Lon flohen über Häfen im Mekong-Delta. Dadurch war die Überfahrt nach Malaysia oder Thailand etwas kürzer. Tham hatte andere Pläne. Die kleinen Häfen in nördlicher Richtung wurden weniger kontrolliert, das Boot verkehrte dort auf regulären Routen und damit war das Risiko geringer.

Luc nahm nur eine kleine Tasche mit, die wichtigsten Habseligkeiten und natürlich auch einige Erinnerungsstücke. Die Stadt brodelte von Gerüchten, er wollte unauffällig bleiben. Er hatte Angst, er ließ sich gegen seinen Willen von der hysterischen Stimmung einfangen, nein, er wollte nicht seine Familie, seine Freunde verlassen, Jahre der Trennung erleben, er fürchtete das Meer, die Wellen, die Seekrankheit, die Enge auf dem kleinen Frachter. Er versuchte, Haltung zu bewahren.

Überall flohen Menschen, auf den Straßen regierte das Chaos. Viele merkten, dass es unmöglich war, alles mit sich zu tragen, auch auf den Booten würde es eng sein, sie warfen überflüssige Kleidung und Haushaltsartikel einfach irgendwo an den Straßenrand. Einige waren so nervös, dass sie immer wieder einen Teil des langen Weges rannten.

Luc musste mehrere Stunden in Bussen fahren. Er wechselte die Routen, mied befahrene Straßen, die kontrolliert wurden, fuhr immer wieder mit einem anderen Bus, von Dorf zu Dorf. In der Dunkelheit erreichte er das kleine Fischerdorf, ging langsam mit seiner Umhängetasche an das Ufer. Sie hatten ein Lichtsignal vereinbart.

In der Nähe sah er die Schatten von Männern, Frauen und Kindern, die sich ruhig verhielten. Er wusste nicht, wer seine Begleiter waren, hoffentlich auch sie entfernte Verwandte oder besonders vertrauenswürdige Freunde von Tham.

Tham kannte die Risiken. Wenn man sie entdecken würde, wären Jahre der Zwangsarbeit die Folge oder noch Schlimmeres. Einige der Bo Dai, der Soldaten, die die Boote kontrollierten, waren wahrscheinlich korrupt und Geschenken gegenüber aufgeschlossen. Aber da sollte es auch fanatische, streng geschulte Kader aus dem Norden geben, die keine Gnade kannten.

Dann das Lichtsignal – und plötzliches Chaos, Geschrei, schrilles Lachen. Sie mussten durch das Wasser zum Schiff waten, das Wasser ging ihm bis zu den Knien, einigen kleineren Personen bis zur Hüfte, sie trugen ihre Taschen über den Köpfen, balancierten über die Kiesel.

In der Dämmerung sah Luc, dass an dem Bug des Bootes große Augen gemalt waren, so brauchten sie keine bösen Geister zu fürchten. Luc kletterte behände über den schwankenden Seilsteg auf das Boot, einige der Frauen und alten Männer hatten Mühe, die Balance zu halten. Aber schließlich schafften es alle.

An Bord stand ein dicker, kahlköpfiger Chinese, wohl der Kapitän, der auf Vietnamesisch mit kurzen, scharfen Worten Befehle gab. Jeder erhielt an Bord einen kleinen Platz, nur hier sollte er sich aufhalten, in Ufernähe wenig sprechen und seinen Anweisungen strikt folgen. Die Toilette sei im vorderen Teil des Bootes, für Essen würde man sorgen, mit kulinarischen Genüssen dürfe niemand rechnen.

Der Motor gab ein leises Brummen von sich, das Boot zitterte, schwankte nur unmerklich, die Fahrt in das dunkle Ungewisse begann. Es war ein schwarzer Abend, bedeckter Himmel, nur wenige Lichter von Fischerhütten waren am Ufer zu sehen. Luc war beruhigt, der Motor schien in Ordnung, so hörte es sich an. Der Kapitän wirkte kompetent, obwohl er bisher nur die Küstenschifffahrt gewohnt war. Luc hoffte, dass er die Route kannte.

Neben Luc hockte eine jüngere chinesische Familie mit zwei etwa zehnjährigen Kindern, einem Jungen, einem Mädchen, die ganz still waren. Die Frau kramte in ihrer Tasche, sie trug Berge von Schmuck mit sich. Luc schätzte, dass mehr als dreißig Personen auf dem kleinen Boot waren. Nach zwei Stunden durften sie sich eine Pho-Suppe mit Gemüse holen, Fleisch gab es nicht dazu.

Etwas später hatte Luc die Möglichkeit, mit dem Kapitän zu sprechen. Nein, er kenne die Route nicht, nur die Richtung, in der sie fahren müssten, um nach Malaysia zu kommen. Der Steuermann war früher auf großen Frachtschiffen zur See gefahren, er sei sehr erfahren und vieles hänge von ihm ab.

Über Luc und seine Familie war er gut informiert, Tham hatte von ihm erzählt, er hätte ihn häufig in Hôi An getroffen, aber in Saigon war er noch nie. Während des Krieges transportierte er Baumaterialien für die Armee. Statt viele Jahre in einem Umerziehungslager zu darben, wolle er lieber fliehen, er habe einen Onkel in Kalifornien, er hoffe, dass dieser für ihn garantieren werde.

Das Meer war ruhig, aber am Horizont standen schwarze Wolken. Plötzlich rüttelte das Schiff, schlenkerte unkontrolliert. Die drei Matrosen an Bord wurden nervös, aber der Steuermann schien ganz gelassen: "Wir sind auf eines der Spann-Netze der Fischer gelaufen, die gibt es hier überall an der

107

Küste. Nachts sieht man sie kaum. Wir werden vorsichtig rückwärts fahren. Die See ist ruhig, nach kurzer Zeit kann es weitergehen."

An Bord wuchs die Unruhe, jeder kleine Zwischenfall erhöhte die Nervosität. Der Kapitän war immerzu bemüht, eine Panik zu vermeiden. Aber auch seine Ruhe war nur äußerlich.

Am Boot hingen Fischernetze als Tarnung. Der Kapitän hatte auch daran gedacht, dass Soldaten auf einem Patrouillenboot das Schiff mit einem Fernglas beobachten könnten.

"Wir müssen noch eine Weile in Küstennähe fahren, ich hoffe jedoch, dass wir bald internationales Gewässer erreichen."

Die Fahrt ging weiter, die Angst vor dem Unbekannten blieb. Luc schlief auf einer Hängematte, das Schiff schaukelte und schaukelte, die Nacht war so dunkel, so unheimlich. Er war noch nie mit einem Schiff gefahren. Er fürchtete die berüchtigten Patrouillenboote, jedes Licht eines anderen Schiffes, und sei es noch so weit am Horizont, erschreckte ihn. Er hatte den Eindruck, dass sie immer wieder Umwege fuhren, um andere Boote zu meiden.

Am nächsten Morgen fragte er einen der Matrosen: "Gibt es hier Haie?"
"Aber gewiss."
Das war wenig ermutigend.

Sie entfernten sich immer mehr von der Küste. Ohne Ankündigung kamen Windböen auf, das Wasser peitschte gegen das Boot, das fast hilflos über

Wellenberge schaukelte. Die Passagiere klammerten sich fest, wo immer es möglich war, viele jetzt schon bleich, ein Kind weinte, ein anderes übergab sich, ganz in der Nähe von Luc, der den bitteren Geruch wahrnahm. "Beruhigt euch, die Haie meiden den stärkeren Seegang."

Immer mehr Passagiere wurden seekrank. Luc spürte eine schwache Übelkeit, aber sehr schlimm war es nicht. Auf dem Weg zur Toilette traf er einen Jungen aus Cho Lon, vielleicht 16 Jahre alt, der bitterlich weinte. Seine Mutter sagte, dass er Angst habe, in der Fremde das College nicht beenden zu können. Sein Kopf fühlte sich heiß an, er hatte Fieber. Luc konnte ihm nicht helfen.

Plötzlich ein Boot, nicht sehr weit entfernt. Doch es kam nicht näher, drehte bei oder fuhr eine andere Route.

Wenig später besänftigte der Kapitän die Passagiere: "Wir sind jetzt in internationalem Gewässer. Und der Wind wird bald etwas schwächer."

So war es. Aber befand sich hier nicht das Gebiet, in dem die Piraten auf Flüchtlingsboote warteten? Jedes thailändische Fischerboot mussten sie umfahren. Viele der Männer an Bord hatten Messer, um sich notfalls zu wehren. Hoffentlich kam es nicht dazu. Auf ihrem Schiff war ein kleiner chinesischer Altar, Luc kniete nieder, betete.

Später ging er in die kleine Kombüse, er musste sich ducken, die Decke war niedrig. Der Koch war noch jung, er hatte früher in der Nähe von Da Nang in der Küche eines großen Restaurants ausgeholfen. Luc wollte ihm zur Hand gehen, dem Koch war das nur recht. Eigentlich war es zu eng für zwei

Personen, aber irgendwie arrangierten sie sich. Luc machte das Kochen Spaß, so verging die Zeit schneller und die schlimmen Gedanken wurden vertrieben.

Die Fahrt dauerte länger als geplant, durch den leichten Sturm waren sie erheblich von der vorgesehenen Route abgekommen. Das Essen, ja sogar das Trinkwasser wurde genau eingeteilt. Auch beim Waschen mussten sie alle auf die Menge achten. Das war besonders schwer, denn durch den Seegang wurden die meisten der Passagiere immer wieder vom Salzwasser nassgespritzt. Regen würde helfen, aber danach sah es nicht mehr aus.

Denn endlich schien die Sonne. Am dritten Tag sahen sie Delphine, die an beiden Seiten des Schiffes herumtollten. Der Kapitän lachte: "Das ist ein gutes Zeichen, wir sind wieder in Küstennähe. Die Orientierung ist schwierig, hier gibt es viele Inseln und Riffe. Und unser Treibstoff ist natürlich begrenzt."

Und wieder eine Nacht und wieder diese Angst, dieses Ungewisse. Luc wälzte sich in seiner Hängematte, er schlief nur aus Erschöpfung.

Es kam der vierte Tag. Luc hatte von amerikanischen Marinebooten gehört, die im Meer kreuzten, um Flüchtlinge aufzunehmen, aber sie sahen keines. Wahrscheinlich hatte ihr Schiff altmodische Navigationsgeräte, nur zur groben Orientierung an den Küsten geeignet.

Sie hatten großes Glück. Am Nachmittag des vierten Tages näherte sich ein Frachtschiff mit malaysischer Flagge. Der Kapitän war Chinese, jovial, gastfreundlich. Man versorgte sie mit ausreichend Trinkwasser und führte sie auf direktem Wege zu der kleinen Insel Pulau Tengah vor der malaysischen Küste. Hier gab es ein provisorisches Aufnahmelager, hier konnten sie sich vorübergehend aufhalten.

## 27

Luc hatte lange gesprochen, Hung traute sich nicht, ihn zu unterbrechen. Es tat Luc gut, das traumatische Erlebnis zu schildern.

"Weißt du, Hung, wir hatten so großes Glück und der Vater war wirklich weitsichtig. Hätten wir mit meiner Flucht bis 1978 gewartet, als die Lage in Cho Lon hoffnungslos wurde und Hunderttausende flohen, Tausende unterwegs starben, verdursteten, unter Piraten grausam litten, vielleicht würden wir heute nicht hier sitzen."

"Ich habe 1978 noch in lebhafter Erinnerung. Das war kurz vor meiner Festnahme und den Monaten im Umerziehungslager. Am 24. März stürmten Polizisten und Studenten mit roten Armbinden durch Cho Lon. Alle chinesischen Geschäfte mussten sofort schließen, natürlich auch unser Geschäft, Warenbestände wurden enteignet, Geschäftsbücher, Kassenbestände verschwanden in großen grauen Umhängetaschen, raue Stimmen schrien im Befehlston, Cho Lon versank in wenigen Stunden im Chaos.

Selten habe ich die Mutter so weinen gehört, selten den Vater so verzweifelt gesehen. Alles, was wir und unser Großvater aufgebaut hatten, war vernichtet. Die Anti-Kapitalisten-Kampagne traf uns voll, wir waren nur noch die Ausbeuter-Clique. Der gesamte Handel wurde verstaatlicht. Als Folge der Enteignung der Chinesen brach China die diplomatischen Beziehungen ab. Aber das half uns nicht und die späteren Folgen des China-Konfliktes kennst du. Auch unser Haus hat man gründlich durchwühlt, zum Glück jedoch das Versteck des Vaters nicht gefunden.

Aber die Reisfelder hat man, wie du weißt, vorläufig in ein Kollektiv integriert. Damit wurde die Versorgung der Bevölkerung jedoch auch nicht verbessert. Luc, wir hätten nicht auf dem Lande bleiben können, wir wären in eine Produktionsgenossenschaft integriert worden, irgendwo in der ländlichen Einsamkeit, so wie es mit Onkel Phuc geschah.

Und die Währungen von Nord- und Südvietnam wurden vereinheitlicht, wir wurden alle gleichgestellt. Jeder durfte nur 100 Dong besitzen, den Rest mussten wir bei der Bank deponieren."

Luc kannte diese Zeit nur von Briefen und langen Telefonaten, viele Details waren ihm nicht bekannt.

"Wie erschreckend war es damals, die schwarzen Wolga-Limousinen zu sehen, mit weißen Vorhängen, damit man die Kader nicht erkennen konnte. Am schlimmsten traf es die Reishändler, denen man überhaupt nicht traute."

Hung bat seinen Bruder, noch mehr zu erzählen, von der Zeit im Aufnahmelager, von den ersten Monaten in Deutschland. Aber Luc war erschöpft, das Thema belastete ihn noch immer.

"Morgen, gleich nach dem Frühstück, habe ich Zeit, unser kleines Restaurant öffnet erst mittags. Anh holt Lan aus dem Kindergarten ab, ich erwarte sie eigentlich in wenigen Minuten. Das Wetter ist schön, kühl, aber trocken, ein kleiner Spaziergang an der Alster täte uns beiden gut."

## 28

Am späten Nachmittag erreichten sie Pulau Tengah, die kleine Insel an der Ostküste von Malaysia, nicht weit entfernt von Mersing. Die wenigen Holzhütten standen unter hohen Kokospalmen, ein kleines, improvisiertes Aufnahmelager.

Sie betraten, noch etwas schwindelig von der rauen Fahrt, den langen Steg, endlich hatten sie wieder festen Boden unter den Füßen. Der Steg sah aus wie ein kunstvoll geworfenes Mikado. Der Monsun hatte hier Spuren hinterlassen. An einigen Stellen hielten Seile die Pfosten zusammen. Für die nächsten Monate würde nicht die Uhr, sondern die Natur den Tagesablauf regeln.

Sie mussten sich registrieren lassen. Der Lagerleiter, ein Mitarbeiter des malaysischen Roten Kreuzes, hatte ein kleines Büro, um das Camp zu verwalten. Die Unterkunft war eng, mehrere Flüchtlinge teilten sich eine der Holzhütten. Aber es gab Waschbecken, Toiletten und einen Schlauch zum Duschen mit kühlem Süßwasser. Man hatte hier einen Brunnen gebohrt. Die

Dächer der Hütten bestanden aus eng geflochtenen Palmblättern, die Schutz vor Regen boten. Nachts huschten raschelnd Geckos darüber.

Ruhe, welche Ruhe, das Rauschen des Meeres beruhigte. Erst jetzt fand man die Muße, sich miteinander bekannt zu machen, zu erzählen, woher man kam, welche Beziehung zu Tham bestand, ob man vielleicht sogar verwandt war, wenn auch ganz entfernt. Außer Luc kamen nur zwei Familien aus Cho Lon, alle anderen aus Orten weiter im Norden.

Luc war der einzige der Flüchtlinge auf dieser kleinen Insel, der nach Deutschland ausreisen wollte, alle anderen hatten Verwandte in den USA, auf deren Hilfe sie hofften. Der Vater hatte ihm die Anschrift von Hai gegeben, dem Verwandten in Hamburg. Luc schrieb schon am nächsten Tag einen Brief an Hai, um über seine sichere Ankunft in Malaysia zu berichten. Das malaysische Rote Kreuz half, den Brief weiterzuleiten. Alles war organisiert.

Um seinen Eltern keine Schwierigkeiten zu bereiten, durfte er  nicht direkt mit ihnen Verbindung aufnehmen und bat Hai, über Tham Grüße zu vermitteln. Dann hieß es nur noch warten.

Schon am nächsten Morgen versuchte Luc, sich fit zu halten. Die Insel war klein und überfüllt, aber er konnte am Strand laufen, das Meer war weit zurückgewichen, es war Ebbe. Das Wasser war türkisfarben, schön geformte Korallen lagen herum, zwischen denen große Krabben liefen. Am Horizont sah er als schmalen Streifen das Festland. Das Wasser war ruhig wie ein See, nur ganz schwache Wellen. Der Tag versprach Hitze.

Etwas später, als die Flut kam und den Sand aufwirbelte, versuchte er zu schwimmen, aber die vielen unangenehmen Sandflöhe verscheuchten ihn auf dem Weg zum Wasser.

Immer mehr Flüchtlinge erreichten die kleine Insel. Überall spielten Kinder, Babys schrien, unterdrückte Leidenschaften explodierten, vielen wurde ihre Lage erst jetzt so richtig bewusst, es wurde lauter, noch enger. Jeder Neuankömmling brachte seine eigenen Probleme, seine Sorgen, aber auch seinen Status, seine eigene Persönlichkeit in das Lager mit. Die Verwaltung wurde ausgebaut, ein kleiner Laden öffnete, in dem die Flüchtlinge einige wichtige Produkte kaufen konnten.

Das Essen wurde in kleinen abgestoßenen Reisschalen serviert, es war einfach, aber ausreichend. Luc hatte Glück, er fand Anstellung als Koch. Das hatte zwei Vorteile: die Wartezeit verging schneller und er wurde bezahlt, mit Esspaketen. Diese entwickelten sich immer mehr zu einer Ersatzwährung, sie konnten getauscht werden, gegen T-Shirts, Shampoo, Zahnpasta und andere Dinge.

"Es war eine erträgliche Zeit, da das Camp nicht eigentlich überfüllt war. Ein oder zwei Jahre später, als der Flüchtlingsstrom wirklich groß wurde, war alles schwieriger. Zwar half das Flüchtlingswerk der Vereinten Nationen und natürlich halfen die lokalen Behörden, aber die Länder Südostasiens, vor allem Malaysia, Thailand und Indonesien, waren einfach überfordert.

Denke nur, da war die relativ kleine malaysische Insel Pulau Bidong, auch an der Ostküste gelegen, durch die in 15 Jahren mehr als eine Viertel Million Flüchtlinge geschleust wurden. Das bedurfte einer viel größeren

Organisation und Missstände waren nicht auszuschließen. Und die vielen Probleme in den Flüchtlingslagern in Hong Kong kennst du ja.

Ich hatte wirklich Glück, nicht nur auf der Flucht, sondern auch im Lager. Schon nach 6 Monaten fand ich meinen Namen auf der Informationstafel. Ich durfte ausreisen, Hai hatte sofort reagiert. Wenig später erhielt ich einen freundlichen Brief von ihm. Ich flog ab Kuala Lumpur in einer Frachtmaschine, die für Flüchtlinge umgebaut worden war."

29

Luc erreichte Hamburg an einem sonnigen Herbsttag. Von oben sah er nur schwache Konturen der Stadt. Er hatte von Schnee gehört, von kalten Wintertagen, von stickigen Sommerabenden, aber mit der Farbenpracht des Herbstlaubes hatte er nicht gerechnet, bunte Blätter, die einfach abfielen und kahle Äste hinterließen. Er war fasziniert und konnte sich nicht satt sehen.

Alles war so geordnet, alles organisiert, sogar der Straßenverkehr. Im Vergleich zu dem Menschengewimmel und dem Lärm in Cho Lon erschien ihm Hamburg ruhig und leer.

Am Flughafen war nicht nur sein Onkel Hai, sondern auch ein Vertreter der Ausländerbehörde und eine Abordnung des Deutschen Roten Kreuzes, die alle Flüchtlinge begrüßte und ihnen zunächst heißen Tee servierte. Er sah nur lächelnde Gesichter.

Onkel Hai war wohl Mitte vierzig, er hatte ein breites Gesicht, das irgendwie flach wirkte, und ein ausgeprägtes Kinn. Seine Stimme war sanft und leise.

Er war verständnisvoll und hilfsbereit: "Du kannst zunächst bei mir wohnen und auf der Couch im Wohnzimmer schlafen. Viel Platz haben wir nicht, aber wir werden uns schon arrangieren. Ich habe erst vor einem halben Jahr geheiratet. Meine Frau ist Chinesin, wir lernten uns in Hamburg kennen. Ihre Familie wohnt hier schon seit langem.

Wir fahren jetzt zu meiner Wohnung. Du kannst ein heißes Bad nehmen, den "Schmutz entfernen", wie wir sagen. Natürlich nicht nur den körperlichen, auch den der harten, stressgefüllten Monate, und dich umziehen. Wir werden zusammen essen, kantonesische Kost, dann fühlst du dich wie zu Hause. Du weißt ja, dass ich ein chinesisches Restaurant besitze, in Eimsbüttel, nicht weit von meiner Wohnung. Dann, nachdem du dich ausgeruht hast, sprechen wir über deine Zukunft. Das Wichtigste ist die Sprache. Die ist schwer zu erlernen, aber ohne Deutsch kommst du hier nicht zurecht."

Alles war organisiert, es gab ein richtiges Programm, damit sich die Flüchtlinge schnell eingliedern konnten. Da gab es kostenlose Sprachkurse für Vietnamesen, Ausbildungsangebote für Handwerksberufe, eine Vermittlungsstelle für eine erste Anstellung und finanzielle Überbrückungshilfen. Das Rote Kreuz half, der Caritas Verband, die Kirchen halfen und viele private Initiativen. Es gab sogar eine besondere psychosoziale Betreuung. Niemand wurde allein gelassen. Natürlich waren fast alle Stellenangebote wegen der Sprachprobleme eher bescheiden, aber mit Fleiß und Ausdauer war alles zu schaffen. Luc hatte das Gefühl, willkommen zu sein.

Dennoch, es blieb das Heimweh, nach der Familie, nach dem so ganz anderen Leben, nach Cho Lon, wie es einstmals war. Es gab auch in Hamburg viele Vietnamesen und Luc suchte nach Kontakten. Sie trafen sich in vietnamesischen Restaurants, wuchsen schnell zu kleinen Gruppen Gleichgesinnter. Jeder schien jedem zu helfen – aber nachts kam der Albtraum der Flucht. Der ließ sich nicht so schnell überwinden.

"Weißt du, Hung, für mich war es wichtig, meine vietnamesische Identität zu bewahren und mich gleichzeitig in die deutsche Gesellschaft zu integrieren. Das ist schwer. Zum Glück gab es vietnamesisch-buddhistische Gruppen, in denen ich mich heimisch fühlte, nicht nur wegen der Sprache. Ich begann in Gespräche deutsche Ausdrücke zu mischen. Niemals werde ich vergessen, als ich eines Morgens erwachte und wusste, ich hatte das erste Mal auf Deutsch geträumt. Da hatte ich den Eindruck: Nun habe ich es geschafft."

Luc lernte schneller Deutsch, als er es für möglich hielt, täglicher intensiver Unterricht half. Er strebte nach Selbständigkeit, um weniger abhängig zu sein, von Hai, von anderen Vietnamesen. Sein Ziel war die Einbürgerung, mit einem ordentlichen, international anerkannten Pass und einer echten Zukunft für sich und vielleicht auch für Hung und für seine Eltern.

## 30

Ein feiner Dunst schwebte über der Alster, ließ die Sonne größer erscheinen. Hung trug einen dicken, blauen Pullover und einen schweren Wintermantel, den er sich von Luc geliehen hatte. Er liebte Kleidung in blauer Farbe.

"Die Monate im Umerziehungslager waren strapaziös, so schwere Arbeit bei karger Verpflegung war ich nicht gewohnt", erzählte er.

Sie kamen in sein Elternhaus drei Tage nach der Razzia in Cho Lon. Hung saß am Esstisch und machte sich Notizen, Gedanken über einen Neuanfang ihrer Geschäftstätigkeit, denn die Kontakte waren noch da, die konnte man ihnen nicht nehmen. Es waren drei Soldaten, höflich, aber bestimmt. Hung solle einen Fragebogen ausfüllen, Rechenschaft über die letzten Monate ablegen. Das hätte längst geschehen müssen, aber er sei ja wohl im Dorf bei ihren Reisfeldern gewesen und hätte dort davon wahrscheinlich nichts erfahren. Das nehme man ihm nicht übel. Es gab keinen Zweifel, sie waren gut informiert, Ausflüchte waren sinnlos.

Hung musste nicht nur erläutern, wo er die letzten Monate verbracht hatte und welcher genauen Tätigkeit er nachging, sondern auch die Namen aller Personen aufführen, mit denen er zusammen gewesen war. Den Namen von Luc verschwieg er. Seltsamerweise schien das niemandem aufzufallen.

"Ich sei ein Opfer bourgeoiser Einflüsse, meinten sie, das sei schade, aber einige Wochen klassenneutraler Erziehung durch Arbeit würden mir gut tun und meine Ansichten ändern. 30 Tage würden wohl ausreichen. Und damit ich nicht durch falsche Meinungen beeinflusst würde, sollte ich sofort mitkommen."

Eine lange Fahrt, auf der Ladefläche eines Lastkraftwagens, zusammengepfercht mit anderen jungen Männern.

"Luc, es wurden acht lange Wochen! Im Lager waren wir plötzlich parasitäre Elemente, die nur durch harte physische Arbeit geläutert werden könnten. Ich bekam keine Chance, dazu Stellung zu nehmen. In den ersten Wochen erhielten wir täglich zwei kleine Schalen Reis mit Gemüse, dann nur noch Maniokbrei und alle zwei bis drei Tage ein wenig Gemüse. Wir hatten immerzu Hunger, es wurde so schlimm, dass uns der Hunger noch nachts auf dem harten Schlaflager verfolgte.

Unsere Aufgabe war es, brachliegendes Land von Unterholz zu befreien, damit neues Ackerland entsteht. Das Holz war hart. Legten wir zu häufig Pausen ein, weil wir am Ende unserer Kräfte waren, mussten wir zusätzliche Stunden schuften.

Am schlimmsten litten jene, die krank wurden, denn es gab so gut wie keine Arzneimittel. Ich wusste, dass ich vor allem deshalb im Lager war, weil ich Hoa – Chinese – bin und damit automatisch verdächtig war."

Eines Tages, nach zwei mühsamen Monaten, wurde er kommentarlos nach Hause geschickt. Alle, die dem alten Regime nahe standen, darbten noch jahrelang in den Umerziehungslagern, viele wurden erst 1986 freigelassen. Nach Cho Lon zurückgekehrt, musste er etliche Abende auf

Versammlungen der "Blockzellen" verbringen und streng beaufsichtigt mit Nachbarn über politische Zielsetzungen und ähnliche Themen diskutieren.

"Der Makel der Umerziehung hing mir noch lange nach. Als ich das elterliche Geschäft wieder eröffnen wollte, wurde mir das zunächst untersagt, erst mit der 'Doi-Moi' Liberalisierung, der 'Erneuerung', wurde Ende 1986 alles einfacher."

Hung schwieg. Die Sonne hatte an Kraft gewonnen, der leichte Nebel schwand, die Alster strahlte im winterlichen Glanz.

"Hatten wir dir eigentlich berichtet, dass auch der Vater aufgefordert wurde, an einem kurzen Kursus teilzunehmen, in einem so genannten 'Hoc Tap Lager', für politische Umerziehung? Aber irgendwie konnte er sich davon freikaufen, in solchen Dingen war er schon immer geschickt."

31

Hung erzählte von den vielen Ereignissen der folgenden Monate und Jahre. Die Befreiungsfront wurde kommentarlos aufgelöst, nur das Wort Hanois galt. Vietnam wurde 149. Mitglied der Vereinten Nationen. Die Versorgungslage wurde immer kritischer, die wirtschaftlichen Probleme als "Übergangsphase" bezeichnet. Und dann kam Ende 1978 die Invasion von Kambodscha, um das grausame Pol Pot-Regime zu vertreiben. Im Februar 1979 folgte der militärische Konflikt mit China.

Der Vater fürchtete, dass auch Hung als Soldat rekrutiert werden könnte. Vor allem aus Kambodscha gab es beunruhigende Nachrichten. Nach dem schnellen Erfolg der Vietnamesen entwickelte sich dort ein mühsamer Guerillakrieg. Die Soldaten blieben jahrelang in Kambodscha stationiert.

Long wollte, dass auch Hung das Land verließ, zu seinem Bruder nach Deutschland ging. Die Flucht war schwieriger geworden. Aber da gab es Berichte über ein deutsches Schiff, "Cap Anamur", das vor der Küste Vietnams Tausende von Flüchtlingen rettete und nach Westdeutschland brachte. Das wäre doch eine ideale Lösung.

Ein geeignetes Schiff in Vietnam zu finden, war aber schwierig. Alle Fischerboote hatten jetzt Soldaten an Bord, dieses Risiko war zu groß. Auch mehrten sich Gerüchte über unzuverlässige Kapitäne, die für die vietnamesischen Behörden arbeiteten, Boote, die nicht seetüchtig waren und bei einem leichten Sturm sanken, und grausame Piraten. Mehr als eine Million Vietnamesen, vor allem Hoa, waren geflüchtet. Nach gründlichen Überlegungen und Analysen kam die Familie zu dem Urteil, dass das Risiko zu hoch sei.

"Und Luc, wieder einmal hatten wir Glück. Ich weiß nicht, ob man mich einfach übersehen hatte oder ob die zwei Monate Umerziehungslager ein zu großer Makel waren. Vielleicht galt ich ja noch immer als wenig zuverlässig. Ich hörte nichts von einer Einberufung nach Kambodscha.

Ich half unseren Eltern, so gut ich konnte, aber es waren zunächst eben nur Gelegenheitsarbeiten. Wie du weißt, litt unser Vater am meisten, er hat diese harte Zeit und die Demütungen einfach nicht mehr verkraftet. Bis Anfang 1987 war es ein schweres Leben, aber wir kamen über die Runden. Und obwohl es als patriotisch galt zu heiraten und viele Kinder zu haben, blieb ich unverheiratet, die wirtschaftliche Belastung wäre zu groß gewesen."

Der 8. Parteitag, im Dezember 1986, suchte nach pragmatischen Lösungen für die wirtschaftliche Entwicklung. Unter Kontrolle der Partei wurde die Marktwirtschaft eingeführt, das Geschäft in Cho Lon durfte wieder öffnen, Preiskontrollen und starre Wechselkurse wurden aufgegeben, ausländische Investitionen gefördert und die Kollektivierung der Landwirtschaft rückgängig gemacht. Hung atmete auf. Es war so tragisch, dass der Vater das nicht mehr erleben durfte.

"Und Hung, was ich dich schon lange fragen möchte: Hast du etwas von Nam gehört, weißt du wie und wo ich ihn erreichen kann? Ich hätte so gerne Kontakt, wir haben miteinander so viele schöne Jahre in unserer Jugend verbracht."

Hung wusste es nicht. "Ich hörte vor vielen Jahren, dass auch er das Land verlassen hat. Wohin? Ich kann es dir nicht sagen. Vielleicht nach Frankreich? Er war doch schon früher frankophil. Die elterliche Pharmaziehandlung besteht schon lange nicht mehr. Vielleicht leben auch die Eltern im Ausland. Sie müssten allerdings schon sehr alt sein. Hatte er nicht auch eine jüngere Schwester? Es tut mir Leid, ich kann dir nicht helfen."

## 32

Hung vermutete, dass Anh als eine der etwa einhunderttausend nord-vietnamesischer Vertragsarbeiterinnen in die DDR gekommen war und Luc sie dort kennengelernt hatte. Aber da irrte er sich.

Sie saßen im Wohnzimmer, Luc hatte eine Flasche Rotwein geöffnet, Lan schlief bereits. Im Hintergrund lief ganz leise eine CD des Pop Sängers My Linh, der klassische Elemente mit moderner Musik mischte.

Luc hatte eine große Anzahl von CDs aus Hannover mitgebracht, er wusste, dass Anh diese Musik liebte.

"Nein Hung, so war es nicht", sagte Anh.
„Ich hatte die Chance, 1987 in Leipzig mein Medizinstudium fortzusetzen. Mein Vater ist ein bekannter Internist in Hanoi und meine Mutter arbeitete damals im Krankenhaus. Wir hatten dadurch besondere Beziehungen. Unsere Familie hat schon immer Wert auf gute Bildung gelegt. Es war der Traum aller Studenten, in der DDR zu studieren.

Natürlich hatte ich am Anfang Sprachschwierigkeiten, etwas Deutsch konnte ich in Hanoi lernen, aber es reichte nicht. Die ersten zwei Jahre habe ich nur gebüffelt, tagsüber an der Universität, nachts intensiv die Sprache."

Sie knabberten Erdnüsse, tranken einen Schluck Wein, die Stimmung war gelöst, entspannt.

"Wir waren so ehrgeizig und haben immer nur gearbeitet. Es war eine Ehre, in der DDR zu studieren. Im Studentenheim war es eng, wir Vietnamesen wohnten streng getrennt von den deutschen und osteuropäischen Studenten und zwischen Frauen und Männern waren kaum Kontakte möglich. Der Pförtner kontrollierte alle Besuche, Fremde durften nicht übernachten. Das störte uns am Anfang nicht. Man hatte mich ja noch ganz konservativ erzogen, nach den alten Wertvorstellungen in Hanoi.

Schade war, dass wir nur selten Kontakt zur deutschen Bevölkerung bekamen und kaum etwas über die andere, für uns so fremde Kultur wussten. Aber es war wichtig für mich, schnell Deutsch zu lernen."

Und nach einer Weile fuhr sie fort: "Meine Eltern, meine Freunde vermisste ich schon sehr, besonders in den ersten Monaten. Manchmal half auch die Arbeit nicht. Immer wenn ich Geld gespart hatte, kaufte ich ihnen etwas Praktisches, über jedes Paket freuten sie sich.

Die Vertragsarbeiter wohnten viel isolierter in besonderen Wohnheimen, lernten nur selten die Sprache, da ihre Verträge nur vier oder fünf Jahre liefen und nur in Ausnahmefällen verlängert wurden. Viele waren verheiratet und nur einer der Partner erhielt einen Arbeitsvertrag in der DDR. Dadurch zerbrachen viele Ehen."

Hung war neugierig zu erfahren, wie sein Bruder Anh kennengelernt hatte. Bestanden nicht viele Ressentiments zwischen Nord- und Süd-Vietnamesen, zwischen jenen, die aus Hanoi in einen Bruderstaat kamen und den Flüchtlingen aus dem Süden, die froh waren, dem System entronnen zu sein?

Luc bestätigte seine Vermutung: "Es war alles recht schwierig und wurde mit der Wende 1989 nicht einfacher. Viele Vertragsarbeiter wurden arbeitslos und versuchten, mit Zigarettenschmuggel etwas Geld zu verdienen. Dazu kam die komplizierte Asylpolitik."

Anh lächelte.

"Wir hatten Glück. Im Januar 1990 fuhr ich mit einem unserer Professoren und anderen vietnamesischen Studenten anlässlich des TET-Festes nach Berlin, auch nach Westberlin. Es war ein trüber Tag, wir zitterten, der Wind war so kalt. Mittags flüchteten wir uns in ein vietnamesisches Restaurant in der Nähe des Kurfürstendamms. Am Nachbartisch saß Luc mit zwei älteren Landsleuten. Wir kamen eigentlich nur zufällig ins Gespräch."

Luc ergänzte: "Ich sah Anh, ihr apartes, weiches Gesicht, ihre schmalen, leuchtenden Augen. Sie sprach lebhaft mit den anderen Studenten am Tisch, sie war begeistert von ihrem Ausflug, trotz des schlechten Wetters. Sie faszinierte mich. Sie trug einen roten Pullover und Jeans. Wir wechselten einige Worte, ganz banal, ich fragte sie, ob sie gegen Abend Zeit hätte, ich könnte ihr viel von Berlin zeigen. Zu meiner Überraschung war sie einverstanden."

So begann alles. Luc fuhr von da an fast jedes Wochenende nach Leipzig und nach einigen Monaten trafen sie sich zum ersten Mal in Hamburg.

"Das Problem war, dass Anh offiziell als vietnamesische Studentin in Leipzig war. Wir hatten so viele bürokratische Hindernisse zu überwinden, so viele Formulare auszufüllen, bis man uns endlich gestattete zu heiraten, bis sie eine Aufenthaltserlaubnis erhielt, bis wir endlich zusammen in Hamburg wohnen durften. Vielleicht hat deshalb alles so gut geklappt, weil wir die Anträge relativ kurz nach der Wende stellten."

"Mein Studium habe ich dann nicht fortgesetzt, ich hatte nicht den Mut zu einem neuen Anfang in Hamburg. Jetzt arbeite ich halbtags als diplomierte Krankenschwester in einem Krankenhaus in Hamburg. Nachmittags, wenn Lan aus dem Kindergarten kommt, kann ich mich um sie kümmern. Wir haben hier ein gutes Leben und die jüngere Generation in Hamburg interessiert der Nord-Süd Konflikt nicht mehr."

Berlin hatte ihnen Glück gebracht. Sie fuhren häufig nach Berlin und jedes Mal aßen sie in ihrem vietnamesischen Restaurant. Irgendwann würden sie Hanoi und Ho Chi Minh City besuchen, als Touristen. Die Eltern von Anh waren schon alt und kannten Luc und Lan nur von Fotos.

Nur noch wenige Tage fehlten, dann musste Hung nach Ho Chi Minh City zurückfliegen. Er hätte die Reise gern verlängert, aber Luc hatte für ihn einen Flug zu einem Sondertarif gebucht, der nicht verschiebbar war.

Auch Luc fühlte, dass sie sich so nahe gekommen waren wie noch nicht einmal in ihrer Jugend.
"Hung, du kannst der Mutter sagen, dass wir alle zum nächsten TET-Fest nach Cho Lon kommen."

## 33

Luc hielt Wort. Im Dezember 1995 flogen sie nach Vietnam, Luc, Anh und Lan, um mit der Mutter und Hung das TET-Fest Ende Januar 1996 zu feiern. Anschließend planten sie einen Besuch in Hôi An, dem Zentrum seines Familien-Clans, und dann wollten sie natürlich den Eltern von Anh in Hanoi die kleine Lan vorstellen. Luc wollte sich Zeit nehmen, das Land in Ruhe bereisen. Sein chinesischer Partner war damit einverstanden, das Restaurant mehrere Wochen alleine zu führen, und Anh hatte, nach anfänglichen Diskussionen, endlich einen langen Urlaub erhalten.

Zunächst aber war es wichtig, die richtigen Geschenke zu kaufen, als Viet Kieu, als Auslands-Vietnamesen, erwartete man einfach wahre Wunderdinge von ihnen. Natürlich wurden ihre finanziellen Möglichkeiten überschätzt, wie bei allen anderen Reisenden, die nach Jahren ihre Familien in Vietnam besuchten.

Da gab es eine lange Liste: Die Mutter wünschte sich einen elektrischen Reiskocher, die Schwiegermutter einen Mikrowellenherd, Hung einen MP3 Player und die übrigen Verwandten in Cho Lon und Hôi An Pullover und andere nützliche Dinge. Auch an den Vater und nahe Verwandte von Anh in Hanoi mussten sie denken.

Also, zuviel wollte Luc auch nicht mitbringen, nicht nur, weil er keine großen Ersparnisse hatte, sondern auch, um keine falschen Hoffnungen für die Zukunft zu wecken. Auch unnötigen Neid bei den Nachbarn, die keine Verwandten im Ausland hatten, musste er vermeiden. Sie packten noch zusätzlich einige Kleinigkeiten ein, falls sie ehemalige Nachbarn und

Bekannte wiedertrafen. Sie wollten auf keinen Fall als geizig gelten und ihr Gesicht verlieren. Für ihre eigene Wäsche blieb kaum Platz. Luc musste immer wieder alles wiegen, damit sie innerhalb der Gepäckfreigrenzen blieben.

Dann galt es Visa zu beschaffen, wofür sie Einladungsschreiben der Mutter und der Eltern in Hanoi benötigten, alles keine wirklichen Probleme, aber es war so zeitraubend.

Die kleine Lan verhielt sich auf dem Flug ruhig, die Flugbegleiterinnen brachten ihr Spielzeug und ein Malbuch, die Luft in der Kabine machte müde, sie schlief die meiste Zeit.

Als das Flugzeug startete, betete Luc zu Quan Am, der Göttin der Barmherzigkeit, sie möge die bösen Geister besänftigen, er hoffte auf einen ruhigen Flug, auf eine problemlose Reise. Ganz wohl war ihm nicht zumute, er schwankte zwischen freudiger Erwartung und verdrängter Angst.

Wie viele Vietnamesen verehrte er Buddha und die Bodhisattvas, die den Menschen auf dem schweren Weg zur Erlösung beistehen, vermischte aber seinen Glauben mit taoistischen Vorstellungen des Himmelskaisers, des Küchengottes, mit Drachen und Dämonen, die die Pagoden schmückten, verehrte seine Ahnen am Hausaltar und war von einigen konfuzianischen Moralvorstellungen geprägt, die ihm Vater und Großvater in strenger Form vermittelt hatten. Auch er strebte die Harmonie zwischen Yin und Yang an, den weiblichen, passiven, und männlichen, aktiven Prinzipien.

Anh war dagegen fern aller religiösen Traditionen aufgewachsen. Sicherlich, auch sie achtete die ältere Generation, auch sie brachte ihren Großeltern Blumen an den Hausaltar, aber strenge Zeremonien waren ihr fremd.

Manchmal diskutierte sie darüber mit Luc. Vor allem natürlich über die Erziehung von Lan, die beiden am Herzen lag. In Vietnam wuchsen die Kinder ganz anders auf als in Deutschland, geborgen in der Großfamilie, als Teil einer Gemeinschaft. Da gab es wenig Hektik, zu den Eltern, den älteren Geschwistern und Verwandten war man höflich, das war ganz selbstverständlich und das Wort des Vaters war Gesetz. Das wurde nie infrage gestellt.

Alle lernten eifrig, die Schule war neben der Familie der Mittelpunkt, sie waren stolz auf gute Benotungen. Sie mussten vieles auswendig lernen, um ihren Verstand zu schulen, wie es hieß. So war auch Anh aufgewachsen und natürlich auch Luc, obwohl bei ihm die Religion eine tiefere Bedeutung hatte.

Wie anders war es doch in Deutschland, die Schule wurde weniger respektiert. Die Kinder standen nicht einmal auf, wenn der Lehrer das Klassenzimmer betrat. Das war Anh sogar noch als Studentin in Hanoi gewohnt. Nicht mehr zeitgemäße Ansichten der Eltern und Großeltern wurden in Deutschland einfach ignoriert und nicht von den Kindern stillschweigend toleriert, wie es bei ihnen üblich  war. Anh wollte vermeiden, dass Lan zu sehr in kulturelle Konflikte geriet, aber gleichwohl einige vietnamesische Moralvorstellungen als selbstverständlich lernte, vor allem höflich und respektvoll zu sein. Harmoniefähigkeit, das galt als höchste Tugend.

Luc und Anh hatten dabei einen Vorteil gegenüber vielen Vietnamesen in Deutschland: Sie sprachen fließend deutsch. So verstanden sie vieles besser und konnten sich der anderen Mentalität gut anpassen. Sie kannten andere Familien in Hamburg, in denen die Kinder die Sprache beherrschten, nicht aber die Eltern, die somit häufig von ihren Kindern abhängig waren. Wie schwierig musste es da für sie sein, den Kindern strenge konfuzianische Werte zu vermitteln.

Anh konnte nicht einschlafen, sie blätterte rastlos in Zeitschriften, sah ab und zu den Film an, der gezeigt wurde, konnte sich kaum konzentrieren. Luc hatte die Augen geschlossen, er hörte Musik und wirkte ganz entspannt. Seine innere Unruhe konnte sie nur ahnen.

Schließlich landeten sie, nach nicht enden wollenden Stunden.

Als Luc die Zollbeamten in Uniform sah, stiegen alte Ängste hoch, die nur mühsam zu verdrängen waren. Nein, er kam nicht in die Heimat zurück, die war jetzt jenseits der Ozeane, er war ein Besucher, wie viele andere auch. Nur das Gesicht von Hung hinter den Zollschranken wärmte ihn von innen. Hung trug ein dunkelblaues Hemd, das wirkte so vertraut, er schien noch immer die blauen Farbtöne zu lieben.

Sie fuhren mit einem Taxi nach Cho Lon. Taxis gab es ja wieder seit einem Jahr. Die Orientierung fiel ihm schwer, so vieles hatte sich verändert. Aber nicht das strahlende Lachen seiner Mutter, die ihn, Anh und Lan herzlich in den Arm nahm.

## 34

Die harten Jahre waren nicht ohne Spuren geblieben. In der Erinnerung war das Bild seiner Mutter so wie vor vielen Jahren, in den ersten Minuten fühlte sich Luc von der Realität bedrückt. Ihr fein ziseliertes Gesicht war hagerer und gefurchter, aber ihre Haare glänzten noch jugendlich. Auch ihre Stimme war klar und laut, jedoch unterbrach sie ihren Redeschwall immer wieder ganz unerwartet, so als müsse sie über etwas nachdenken, und sie schien nur Sätze hören zu wollen, die ihr angenehm waren.

Sie war schon immer stur und zäh, der Zwang, auch schwierige und harte Zeiten zu meistern, hatte das weiter verstärkt. Aber über die Vergangenheit wollte sie nicht sprechen, nein, sie war lebhaft daran interessiert, von Luc über sein Leben in Deutschland zu hören. Luc vermied sarkastische Bemerkungen, seine Mutter verstand keine Ironie. Er hatte sich in Deutschland angewöhnt, mit lebhaften Gesten zu sprechen, das schätzte seine Mutter nicht, er bemühte sich, still zu sitzen und ganz ruhig zu sprechen und auch nur dann, wenn sie etwas von ihm wissen wollte.

Luc war enttäuscht über das elterliche Haus. Das Wohnzimmer, den Esstisch, alles hatte er größer in Erinnerung, vornehmer, nun war da eine enge, unordentliche Wohnung, voller nutzloser Erinnerungsstücke. An den gelb gestrichenenWänden blätterte die Farbe ab.

Die Mutter war mit einem grauen, ausgewaschenen T-Shirt und einer gestreiften dunklen Hose bekleidet. Dazu trug sie offene Sandalen. Ihr Haar war nur leicht ergraut, mit Kokosöl geglättet und hinten mit einem Clip befestigt.

Anh hatte nicht erwartet, dass sie so ernst sein konnte, immer wieder hatte man ihr von den unbekümmerten, leichtlebigen Südvietnamesen erzählt. Aber dass sie noch immer voller Energie und Neugierde war, erfreute Anh.

Die Mutter klopfte Lan liebevoll auf die Schultern. Lan durfte unbekümmert im Haus herumlaufen, die Mutter sah ihr nach, lächelte. Lan war ein fröhliches Mädchen, das schien der Mutter zu gefallen.

"Luc, das habt ihr richtig gemacht, die Kleine spricht auch vietnamesisch."

"Ja, darauf haben wir natürlich geachtet, Anh spricht mit ihr nur vietnamesisch, ich spreche deutsch mit ihr, im Kindergarten spricht sie deutsch, so wächst sie zweisprachig auf. Kinder meistern das ohne Problem."

Als Anh für einige Minuten den Raum verließ, sagte die Mutter: "Es war schon etwas überraschend, von eurer Hochzeit zu hören. Ich kannte ja Anh überhaupt nicht und auch nicht ihre Eltern im fernen Hanoi, sie waren ja Bao Ky, Nordler, ganz fremde Menschen, die doch im Allgemeinen so verschlossen und langweilig sind. Ich hätte dir ein fröhliches Mädchen aus Saigon gewünscht. Aber ich weiß natürlich, du warst einsam, weit weg in einem fremden Land und schon so lange getrennt von deiner Heimat.

Aber dann erhielt ich eure Fotos, da lachte Anh ganz unbekümmert, das hat mich beruhigt. Und von ihren Eltern erfuhr ich auch nur Positives, er ist ja

Arzt und dein Onkel Tham in Hôi An hatte viel Gutes über ihn gehört. Du hast ja nicht nur Anh geheiratet, sondern auch ihre Familie."

Als Anh wieder den Raum betrat, sagte die Mutter: "Und Lan ist so sonnig, so gut erzogen, ich habe das schon geahnt, als ich die Fotos erhielt, aber sie hier zu sehen, ist natürlich viel schöner."

Nach einigen Tagen wurde der Kontakt zwischen der Mutter und Anh immer herzlicher, sie sei eben keine typische Frau aus Hanoi, sie sei tolerant und intelligent, Luc hätte eine gute Wahl getroffen. Luc atmete auf, er hatte der ersten Begegnung mit Furcht entgegengesehen und dabei doch so sehr gehofft, dass die Mutter einen positiven Eindruck bekäme.

35

Der Ahnenaltar der Familie war noch immer auf dem Sideboard, dort, wo ihn Luc erwartet hatte. Neben der roten Holztafel mit dem Namen des Großvaters hatte Hung eine rote Tafel mit dem Namen des Vaters aufgestellt und darüber ein Bild aus der Zeit, als die Familie vereint in Saigon lebte. Luc zündete zwei Öllampen an und in jeder der drei Vasen drei Räucherstäbchen. Dazu stellte er eine Schale mit Früchten und ein Glas frisches Wasser. Die Mutter hatte zur Feier des Besuchs ein Huhn gekocht, Luc legte es auf einem Teller vor das Bild des Vaters.

Auch Hung kniete vor dem Altar und anschließend folgten die Mutter mit Anh und Lan, auch sie sollten als neue Familienmitglieder dem Vater und dem Großvater vorgestellt werden. Für Luc war es wichtig, seinen Ahnen

134

Respekt zu zollen, bevor er das neue Saigon kennenlernte. Später würde er ihre Gräber besuchen und dort Papiergeld abbrennen.

Luc besichtete in Ruhe sein Elternhaus. Wie fast alle Häuser hatte es eine ungerade Anzahl von Zimmern. Noch immer war im Erdgeschoß der Laden, an den sich Luc so gerne erinnerte. Im Schaufenster zur Nguyen Trai Straße hingen jetzt Jeans und sportliche Bekleidung. Hung hatte, nachdem er aus dem Umerziehungslager zurückkam, und nach dem Tod des Vaters das Geschäft umgestaltet. Die Straße behielt ihren Namen. Nguyen Trai war ein bekannter Poet und Berater des Kaisers Le Loi im 15. Jahrhundert, den wohl auch Hanoi akzeptierte.

Distrikt 5, wie Cho Lon jetzt hieß, galt als gute Wohn- und Geschäftsgegend, vielleicht auch wegen der Nähe zu Distrikt 1, dem früheren Stadtzentrum von Saigon. In Cho Lon lebten vor allem die Hoa, die Chinesen, die erneut ihre internationalen Kontakte ausbauten. Cho Lon war schon seit 1679 „ihre Stadt". Es waren praktische Menschen, für die ihre Sippe höchste Priorität hatte und die langfristig dachten, an das Wohl ihrer Kinder und Enkel. Die Clans hielten zusammen, unterstützten sich gegenseitig. Neben Vietnamesisch wurde Mandarin gesprochen und viele chinesische Dialekte waren verbreitet, vor allem Fujian, Kantonesisch, Teochiu und Hakka. Und wieder entstanden starke Handelssyndikate, so wie in der Zeit vor der Vereinigung des Landes. Die Stadt entdeckte erneut ihre materialistische Tradition.

Für Hung wurde es immer schwieriger, Eisenwaren und Werkzeuge einzukaufen, ein Import war nicht mehr möglich, das Land hatte zu wenige Devisen. So wechselte Hung zu sportlicher Bekleidung, die sehr gefragt war und die er aus Fabriken in Vietnam und China beziehen konnte. Er war fleißig und bescheiden wie sein Vater. Luc, als sein älterer Bruder, konnte ihn nur loben. Zwischen ihnen herrschte noch immer gutes Einvernehmen.

"Wann wirst du endlich heiraten?"

Hung schüttelte seinen Kopf, ihm war es wichtiger, das Geschäft wieder aufzubauen.

Luc war überrascht zu sehen, dass die Mutter noch immer im Geschäft tätig war, sie half Hung bei den Finanzen, denn das Rechnen und geschickte Abwägen schwieriger Geschäfte hatte sie nicht verlernt.

Es war zwischenzeitlich wieder möglich, problemlos Geschäfte zu tätigen, die freie Marktwirtschaft wurde seit der Doi Moi-Reform durch den damaligen Generalsekretär Nguyen Van Linh nach dem 6. Parteitag im Dezember 1986 gestärkt und schrittweise gefördert. Das Land orientierte sich neu, es war keine Schande mehr, reich zu werden, wobei die Macht der kommunistischen Partei ungebrochen war. Vietnam war Mitglied der ASEAN geworden, die USA hatten vor kurzem das Wirtschaftsembargo aufgehoben.

Auch die Mutter und Hung bewunderten die zielbewusste Ausdauer der Partei, die zur Befreiung geführt hatte. Das Land suchte einen neuen Weg zur sozialistischen Gesellschaft. Aber jetzt wollten sie alle in der Gegenwart leben, das, was früher war, wurde verdrängt. Als Händler und als Bewohner einer großen Stadt profitierten sie von dem neuen Denken. Überall wurden die aktiven Manager gefragt und das Gemeinschaftsgefühl langsam vom Individualismus vertrieben. Für Luc war die neuerliche Wende in dieser Form überraschend.

Noch am gleichen Abend ging Luc in die Chua Thien Hau Pagode um Thien Hau, der Beschützerin der Seeleute, zu danken, die ihm gnädig war, die ihm bei der Flucht geholfen hatte. Er stiftete eine der großen Weihrauchspiralen, auf dass der Rauch zu ihr aufsteigen möge und sie ihm gesonnen bliebe.

Er rieb sich die Augen, er war müde. Jet Lag und abrupter Klimawechsel machten ihm zu schaffen. Hier war alles so laut, so viele Menschen, knatternde Motorräder, Stimmen, die sich gegenseitig übertönten, er wollte zurück in das elterliche Haus, ganz schnell, er brauchte Ruhe, Schlaf, morgen, übermorgen, er hatte er ja viel Zeit, so vieles wollte er sehen.

Zum Glück war das Wetter nicht zu heiß, die Trockenzeit hatte gerade angefangen, die Abende waren angenehm. Er konnte sich kaum zurechtfinden. Die meisten der Nachbarn waren ihm fremd, Geschäfte mit neuen Namen, Gebäude, die umgebaut waren, selbst die Straßennummern verwirrten ihn. Im fiel auf, dass in den Straßen kaum Cyclos, Fahrradtaxis fuhren, dagegen so viele Autos und Motorräder.

An einem kleinen Imbiss blieb er stehen, trank einen Café Sua aus einem Wasserglas, einen starken Kaffee mit Dosenmilch gesüßt. Er half nicht, Luc blieb müde und erschöpft. Er war froh, das Elternhaus zu erreichen. Seine Mutter empfing ihn strahlend und munter. Anh und Lan schliefen bereits, oben in dem kleinen Zimmer, in dem früher Hung und er schliefen. Hung würde in den nächsten Tagen im Wohnzimmer übernachten, das sei ja kein Problem. Noch sei er unten im Geschäft, besonders abends kämen viele Kunden. Luc wollte nur schlafen und bat seine Mutter um Verständnis.

## 36

Auch die Mutter hatte nichts von Nam gehört. Er habe wohl damals auch das Land verlassen, es war ja eine so hektische, dramatische Zeit. Luc hatte auch Anh von seinem Freund erzählt, von ihrer gemeinsamen Jugend in Saigon, von dessen unfreiwilligem Aufenthalt bei den Vietkong Partisanen im Urwald. Das war alles so lange her, aber gerne hätte er gewusst, wie es Nam heute ging, gerne hätte er wieder mit ihm geplaudert, gerne wäre er mit ihm durch das neue, veränderte Saigon geschlendert, durch Ho, wie viele Einwohner jetzt Ho Chi Minh City nannten. Auch über Pierre Gautier konnte er nichts erfahren.

Um wieder ein besseres Gefühl für die Stadt zu bekommen, lief er ganz langsam den weiten Weg bis zu der Pharmaziestraße, der Hai Thuong Lan Ong Straße, wo Duoc Le, der Vater von Nam, seinen Laden für traditionelle chinesische und vietnamesische Kräuter und Arzneimittel hatte. Die Straße war noch immer nach dem vietnamesischen Arzt benannt, der im 18. Jahrhundert ein mehrbändiges Werk über gesunde vietnamesische Kräuter schrieb.

Die ganze Straße roch intensiv nach Zimt und Kräutern, ein starker, süßlicher Duft. Hier hatte sich wenig verändert, nur die Fassaden der Gebäude sahen fremd aus und fast alle Geschäftsnamen klangen ungewohnt.

Luc vermeinte den ehemaligen Laden gefunden zu haben, aber ganz sicher war er nicht. Ein junger Mann begrüßte ihn höflich. Nein, von Pham Dong Nam habe er noch nie gehört, auch der Name Duoc Le sei ihm fremd. Vielleicht könne sein Vater weiterhelfen, er käme in einer Stunde zurück, oder aber, noch wahrscheinlicher, der ältere Onkel, auch er habe ein Kräutergeschäft, nur einen Block weiter.

Der Laden war leicht zu finden. Auch hier waren Säcke voller Kräuter und Gewürze, die sich bis zur Decke stapelten. Der Onkel schüttelte nur seinen Kopf: "Das ist so lange her, damals lebten wir nicht in Cho Lon. Aber den Namen Duoc Le habe ich schon gehört, ich glaube er und seine Frau starben kurz nach der Wiedervereinigung, genau weiß ich das nicht. Ob seinen Kindern die Flucht gelang, kann ich nicht sagen."

Aber da war noch ein älterer Nachbar, der ihn sicherlich gekannt habe, dessen Familie schon seit Generationen im Pharmaziehandel in Cho Lon tätig war. Der Onkel war hilfsbereit und begleitete ihn in das Geschäft. Einen Viet Kieu müsse man doch unterstützen, vielleicht wolle er hier Geld investieren? Er hätte da einige gute Tipps. Luc schüttelte seinen Kopf, nein, er suche nur seinen alten Schulfreund.

Der Nachbar verkaufte vor allem Ginseng Wurzeln, billige und ganz teure, die in einem alten Holzschrank gestapelt waren.
Der alte Herr bot ihm ein Glas grünen Tee an. Ja, Duoc Le habe er gekannt.

"Leider starb er noch vor seiner geplanten Flucht, er war ja schon betagt und dem Stress nicht mehr gewachsen. Er war immer so hilfsbereit und fair im Geschäft. Seine Fische habe ich damals in meinen Laden genommen, sie haben mir mehr Glück gebracht, aber das ist ja alles schon so lange her."

"Und seine Kinder, blieben sie in Cho Lon?"

"Er hatte einen Sohn, der im Geschäft half, und eine jüngere Tochter. Ich glaube sie wollten 1978 über China nach Frankreich. Der Sohn war ja sehr frankophil und hatte gute Kontakte in Frankreich. Ob das geklappt hat, ich weiß es nicht. Ich habe später nichts mehr von ihnen gehört. Ich kannte ja eigentlich nur den Vater. Das ist ja auch alles so lange her und jetzt ist auch nicht mehr die Zeit, über Politik zu reden. Wir müssen an unsere Geschäfte denken. Wollen Sie hier nicht investieren?"

Sie tranken noch einen Tee. Luc erzählte von seinen Jahren in Deutschland, von dem mühseligen Neuanfang. Dann hatte der alte Herr einen neuen Hinweis: "Ich erinnere mich jetzt, der Sohn hatte damals gute Kontakte zu den Vietkong. Da gibt es die Cafeteria No. 1 im Distrikt 3, das war so etwas wie ein Zentrum für Informationen, ich glaube der Sohn war auch manchmal dort."

Luc dankte dem alten Herrn für seine Hilfe und wünschte ihm gute Gesundheit. In der Nähe des Gewürzzentrums aß er eine Pho Ga Suppe mit Huhn und trank an einem anderen Imbiss einen eisgekühlten Zuckerrohrsaft, der ihn erfrischte. Immer wieder musste er die lästigen Fliegen verjagen.

Mit einem Motorradtaxi fuhr er in das Restaurant im Distrikt 3. Ein alter Kellner spielte Karten mit einem betagten Herrn, er stand nur unwillig auf.

Aber er konnte sich an Nam erinnern: "Er hatte damals einen anderen Namen. Er wollte 1978 über Halong Bay im Norden nach Hong Kong fliehen. Viele hatten das versucht, die zahlreichen, meist unbewohnten Inseln boten ja Schutz und Fluchtschiffe fanden viele Verstecke. Er hatte Pech, der Bootsfahrer war unzuverlässig. Vielleicht war es besser so, denn die Auffanglager in Hong Kong waren überfüllt und eine Weiterreise war schwierig. Viele Flüchtlinge wurden dann ja auch auf Drängen der Engländer nach Vietnam repatriiert.

Ich hörte dann später, dass er über China das Land verlassen habe und zwar noch rechtzeitig, bevor die Grenze geschlossen wurde. Ich glaube, seine Schwester war bei ihm. Sie wollten damals nach Frankreich, denn er sprach ja fließend französisch."

Ob das nun geklappt hatte, konnte der alte Kellner auch nicht sagen. Seine Anschrift kannte er nicht. Inzwischen hätte sich ja alles im Land geändert. Mit Nam hatte er damals politisch zusammengearbeitet und heute sei ja auch eine vollkommen andere Situation.

Luc war dankbar dafür, wenigstens einige Informationen erhalten zu haben.

37

Voll Eifer startete die Mutter alle Vorbereitungen zum TET-Fest 1996. Der 19. Februar war der Beginn des Jahres der Maus, das die Chinesen Jahr der Ratte nannten. Luc und Anh halfen ihr, besonders bei der Reinigung der Küche und aller anderen Räume des Hauses und bei den notwendigen Einkäufen, die Luc bezahlte. Die Preise waren spekulativ um 20% gestiegen,

141

für Reis und andere Lebensmittel, für Kleidung und Räucherstäbchen. Auch das zeigte, dass TET bevorstand.

Von Woche zu Woche wurde die Mutter ungeduldiger, sie wollte ein richtiges Fest veranstalten, mit traditionellen Gerichten und vielen Getränken. Natürlich hatte sie auch den betagten Onkel Phuc und dessen Frau eingeladen und einige der befreundeten Nachbarn.

Phuc wohnte jetzt in Cho Lon. Das Reisfeld hatten sie schon vor längerer Zeit verkauft, Phuc und seine Frau waren zu alt, um sich darum zu kümmern. Phuc war jetzt der Älteste, das Oberhaupt des Clans. Leider war er nicht gesund und konnte sich nur wenig um die Familie kümmern.

Luc war bestürzt zu hören, dass Onkel Tham in Hôi An vor einem Jahr gestorben war, nur kurze Zeit nach seiner Frau. Hung hatte darüber nicht berichtet. Truong, sein ältester Sohn, übernahm die Geschäfte und das Haus. Luc konnte sich noch gut an Truong erinnern, das war der Junge, der vor vielen Jahren ihm und Hung das Haus in Hôi An gezeigt hatte. Die Mutter hatte auch Truong eingeladen, doch leider hatte er dieses Jahr keine Zeit. Luc versprach, Truong in Hôi An zu besuchen.

Wie es üblich war, hatte die Mutter rechtzeitig ihre Schulden bezahlt und auch dabei half Luc. Zusammen mit Anh und Lan kaufte sie Blumen, vor allem Zweige mit gelben Aprikosen-Blüten, Rosen, Chrysanthemen und einen Kumquat Baum mit vielen kleinen Früchten, der Glück bringen sollte und alle bösen Geister vertreiben. Anh freute sich über die Farbenpracht der Blumenstände, das erinnerte sie an das TET-Fest in ihrer Heimatstadt. Hier gab es auch TET-Stände, die vielerlei Leckereien verkauften. Lan aß schon jetzt eine ganze Tüte mit kandierten Früchten.

Die Mutter hatte das alte Lackbild mit der Kröte und dem Wels aufgehängt. Das freute Luc besonders. Im Wohnzimmer hingen jetzt auch mehrere farbige Dong Ho Holzschnitte mit Glückssymbolen für das neue Jahr. Da war ein dickes Schwein als Zeichen des erhofften Wohlstandes und ein Drachentanz mit Standartenträgern, roten Fahnen mit weißer Inschrift und Musikern mit Trommeln und Gongs.

Daneben hing das Bild eines Hahns, umrankt von roten Blumen und grünen Blättern, ein uraltes Symbol für die fünf Tugenden der Menschen: Pflichttreue, Vertrauen, Tapferkeit, Wohltätigkeit und Kultur. Dazwischen hatte die Mutter rote Spruchbänder befestigt, die in goldener Schrift Gesundheit, Glück und Reichtum versprachen.

Luc hatte den Hausaltar gereinigt und mit Blumen geschmückt. Dann opferte er Räucherstäbchen und Erfrischungsgetränke. Der Vater und die Großeltern sollten mit ihnen friedvoll TET feiern.

Von der Mutter und von Anh erhielt Lan rote Umschläge mit Li Xi, mit Glücksgeld. Sie wurde ermahnt, während der Festtage ruhig und brav zu bleiben. Die Mutter und Anh hatten neue Frisuren und trugen ihre schönsten Kleider.

Die Mutter hatte hochhackige Schuhe und ihren alten, jadegrünen Ao Dai angezogen, der ihr so gut stand und an den sich Luc noch erinnern konnte. Er war sorgfältig gebügelt und sah noch ganz neu aus. Mit ernstem Gesicht schien sie durch die Zimmer zu schweben. In das Haus zog Harmonie ein und Vorfreude auf das große Festessen. Man würde "TET essen", das war der Höhepunkt des Festes.

Der Onkel kam, Luc verbeugte sich, zeigte Respekt vor dem Älteren, stellte Anh vor und natürlich die kleine Lan, die er sofort lieb gewann. Auch er hatte für sie einen roten Glücksumschlag mitgebracht und runde TET-Kuchen und Drachenfrüchte für die Mutter. Luc sah mit Überraschung, dass Phuc den Nagel des kleinen Fingers lang wachsen ließ. In seinem Alter war er noch eitel geworden und wollte zeigen, dass er jetzt in der Stadt wohnte und nicht mehr im Dorf auf dem Reisfeld arbeitete.

Sie knabberten Nüsse und aßen Süßigkeiten, die Nachbarn kamen, es wurde lauter, die Mutter stellte Anh und Luc vor und jeder wollte Lan sehen. Das Festessen begann, auch die Nachbarn hatten gekocht und um Mitternacht liefen sie alle vor das Haus, um das Feuerwerk zu bestaunen. Von allen Seiten tönte es "Chuc Mung Nam Moi": Ein glückliches neues Jahr.

Phuc hatte sich mit Luc und einigen der anderen Männer in eine Ecke des Raums zurückgezogen. Hier konnten sie ungestört trinken. Der Onkel begann mit einem Toast auf das neue Jahr, sie wünschten sich gegenseitig Glück, tranken Bier aus Dosen und dann holte Luc eine Flasche Black Label, schottischen Whiskey, den er zollfrei gekauft hatte. Der Onkel lachte, das gefiel ihm. Alle rauchten, außer Luc, im Zimmer stand schwerer Zigarettenrauch, auch einige der älteren Nachbarfrauen schienen zu rauchen.

Luc war nicht überrascht, als ihn auch der Onkel auf Investitionschancen ansprach. Er hatte von chinesischen Viet Kieu in Orange County in Kalifornien gehört, die jetzt größere Summen in Ho Chi Minh City investieren. Das sei ja nun möglich und hier böten sich doch gute Chancen für Luc. Er könne ihm helfen, ehrliche Partner zu finden. Die Nachbarn nickten zustimmend, auch sie hätten gute Tipps für ihn. Keiner wollte ihm glauben, dass er nicht wirklich vermögend war.

„Es war ein langer, dornenvoller Weg, um eine gute Lebensbasis zu finden", meinte er.

Niemand schien ihm zuzuhören.

Die nächsten Tage verliefen geruhsam, die Familie aß die Reste des Festessens, viele Restaurants blieben geschlossen, die Stadt atmete tief durch, der Lebenskampf konnte erneut beginnen. Die Mutter hatte Zeit, von dem Schicksal vieler Nachbarn von einst zu erzählen, Luc und Anh machten lange Spaziergänge und Lan fand mehrere Nachbarkinder, mit denen sie unbekümmert spielen konnte.

38

Anfang März flogen Luc, Anh und Lan nach Da Nang in Zentralvietnam. Sie waren überrascht. Am Flughafen empfing sie Chung, ein Freund von Truong, der sie nach Hôi An fahren würde. Er war klein und sportlich, mit breitem Gesicht und einem kleinen, bleistiftdicken Schnurrbart, und trug eine dünne graue Jacke mit großen Taschen über seinem T-Shirt.

Ja, er stamme aus Da Nang, aber arbeite jetzt in Hôi An. Zu ihrer Überraschung sprach er etwas Deutsch.

„Ich bin Elektro-Ingenieur, mehrere Jahre habe ich in Sachsen studiert und später in Ost-Berlin."

In Da Nang herrschte eine rege Bautätigkeit. Chung erläuterte: "Die Menschen sind hier besonders fleißig, sie helfen sich gegenseitig, na ja, manchmal sind sie vielleicht etwas stur. Das Land ist karg, Bodenschätze haben wir nicht. Da kommt es besonders darauf an, solidarisch und eifrig zu sein. Eine gute Bildung war hier schon immer ein erstrebenswertes Ziel, und natürlich auch Patriotismus. Ho Chi Minh ist das beste Beispiel dafür."

Das Wetter war trüb, tiefe Wolken, sie verzichteten auf den kleinen Umweg entlang des China Beach. Die Fahrt war nicht lang, Hôi An schien wenig verändert. Natürlich gab es auch hier mehr Motorräder und Autos als früher, aber alles schien ruhiger, gemächlicher als im hektischen Saigon.

Hätte er nicht am Hauseingang gestanden, um sie zu empfangen, hätte Luc Truong nicht erkannt. Aus dem Jungen, der vor so vielen Jahren eifrig das Haus zeigte, war ein großer, ernster Mann geworden.

"Ich bin seit zwei Jahren verheiratet, meine Frau, eine Teochiu, ist sehr geschäftstüchtig. Weißt du, Luc, sie stammt aus einer alten Handelsfamilie in Hôi An, da habe ich ihre familiären Kontakte gleich mitgeheiratet." Er schmunzelte.

Luc wollte so viel wie möglich über die Familie erfahren: "Habt ihr Kinder?"
"Nein, noch nicht, aber ich wünsche mir eine große Familie."

146

Seine Geschwister wohnten im selben Haus, es sei genug Platz für sie alle, und auch Luc, Anh und Lan könnten hier übernachten.

Luc wollte Anh die vietnamesischen Wurzeln seiner Familie nahe bringen. Nachdem sie ein Glas grünen Tee getrunken hatten, ging Truong mit ihnen in das Hôi Quan Quang Dong Versammlungshaus der Kantonesen, um vor dem Ahnenaltar Räucherkerzen anzuzünden und Anh in den Clan einzuführen. Luc konnte sich noch gut an das prächtige Gebäude erinnern, das er einst mit seinem Vater, mit Hung und Onkel Tham besucht hatte.

Inzwischen bereitete Thi Sing, die schlanke, junge Frau von Truong, ein typisches lokales Gericht, Cao Lau – Nudeln mit Schweinefleisch. Luc und Anh genossen die Gastfreundschaft und die freundliche Atmosphäre, während Lan jeden Winkel des alten Hauses erkundete. Truong war neugierig, er wollte so vieles über ihre Eindrücke aus Vietnam erfahren, als Viet Kieu sähen sie ja die Entwicklung mit anderen Augen.

Über das Leben in Deutschland hatte er nur verklärte, klischeehafte Vorstellungen, die Luc zu korrigieren versuchte. Dennoch betonte Truong: "Hôi An ist ein Ort mit großer Zukunft, besonders für den Tourismus, der sich auch hier entwickeln wird, nicht nur am China Beach. Ausländische Investitionen sind ja wieder willkommen. Auch Da Nang bietet Chancen. Dort fließt viel Geld, auch von Viet Kieu aus den USA. Du solltest daran denken, wenn du investieren willst."

Immer wieder die gleichen Wünsche, die gleichen Hoffnungen.

Luc musste erneut erläutern, dass ihm hierfür zurzeit die Mittel fehlten. In einigen Jahren könne er eventuell darüber nachdenken. In Hamburg habe er nur ein kleines asiatisches Restaurant, zusammen mit einem chinesischen Partner, da ließe sich nicht viel Geld verdienen.

Sie blieben zwei Tage in Hôi An, bummelten durch die alten Gassen, genossen die geschichtsträchtige Atmosphäre und die herzliche Gastfreundschaft von Truong und Thi Sing.

Chung, der Freund von Truong, musste geschäftlich nach Hué und würde sie gerne wieder mitnehmen. Der alte Renault sei zwar eng, aber sie hätten alle Platz. Luc freute sich über diese gute Gelegenheit, denn sie hatten einen kurzen Besuch der alten Kaiserstadt geplant, bevor sie weiter nach Hanoi flogen.

Sie passierten erneut Da Nang und wieder staunte Luc, wie sich die Stadt entwickelte. Chung hatte dafür eine Erklärung: "Die Menschen sind hier eben besonders fleißig, ganz anders als die Bewohner von Hué, die alles gemächlicher angehen."
Luc hatte den Eindruck, dass auch hier Ressentiments zwischen benachbarten Städten bestanden.

Leider hatten sie kein Glück, der Wolkenpass zwischen Da Nang und Hué lag im Nebel. Chung erzählte, dass er Truong schon seit der Schulzeit kenne.
"Am Wochenende spielen wir gemeinsam Snooker und sehen Fußballspiele im Fernsehen. Und natürlich essen und trinken wir, nicht nur Reisschnaps, sondern auch Bier und manchmal sogar einen Whiskey. Wir kosten die freie

Zeit voll aus, getreu dem alten Sprichwort: Eine Fahne ohne Wind ist wie ein Mann ohne Alkohol."

Chung lachte, er schien das Leben zu genießen.

"Habt ihr schon einmal unsere Fluss-Schnecken probiert? Das ist eine Spezialität der Region. Man muss sie säubern, eine Nacht in Wasser stehen lassen und dann mit Chili und Zitronengras kochen. Sie sind etwas scharf, aber besonders lecker mit viel Reiswein."

Luc lud Chung zum Essen ein. Leider habe er am Abend einen geschäftlichen Termin, aber wie sei es mit morgen Abend? Das war Luc recht, sie blieben ja zwei Tage in Hué.

39

Tristesse, Melancholie. Der sanfte Wind bog die unregelmäßig gewachsenen Halme auf den Steinen des ehemaligen Kaiserpalastes. Zwischen den Ruinen wuchs Gras. Der Himmel war grau, dunstige, trübe Morgenstunde. Alle Farben und Schatten wirkten verwischt. Luc und Anh waren die ersten Besucher. Trostlose Leere, der Krieg ließ nur wenige Gebäude unversehrt, die Altäre im Gedenken an die neun Kaiser schienen einsam, verlassen.

Was musste hier einst für ein frohes Leben geherrscht haben, Musik und Tanz, flatternde, bunte Gewänder, Intrigen und Lachen und vielleicht auch würdevolle, pompöse Zeremonien! Und heute?

Nur die jungen Fremdenführerinnen brachten etwas Farbe in das Grau. Sie trugen traditionelle Ao Dai, mit lilafarbigen Tops und weißen Seidenhosen.

Anschließend fuhren sie zu der ungewöhnlichen Grabanlage, die der vierte Nguyen-Kaiser Tu Duc schon 1867, sechzehn Jahre vor seinem Tod, für sich errichten ließ.

In dem ausgedehnten Park verbrachte der Kaiser bereits zu Lebzeiten viele Wochen, ja Monate, an dem See hatte er meditiert, den Rohrdommeln zugeschaut, Wein getrunken, Gedichte geschrieben und Stille und Abstand von den Sorgen des Alltags gefunden.

Jetzt, in der Mittagszeit, war es dort ruhig. Luc setzte sich auf die Bank, blickte auf das leicht gekräuselte Wasser, genoss die Ruhe, ließ seine Gedanken wandern, schloss seine Augen, öffnete sie wieder. Der See war von Pinien gesäumt, Lotosblumen blühten. Seine Gedanken wanderten, blieben stehen. Diese Stille, wie in einem verlassenen Haus.

Anh und Lan störten ihn nicht. Hier konnte er träumen und entspannen. Als die ersten Touristengruppen kamen, lärmend und fröhlich, gingen sie langsam zurück und Luc zeigte Lan die vielen Räucherstäbchen im nahen Dorf, die hier zum Trocknen hingen.

Am Abend dann trafen sie sich mit Chung in Hué im "Floating Restaurant Song Huong", einem umgebauten Boot, das am Ufer des Huong lag, dem Fluss der Wohlgerüche. Hier gab es besonders frischen Fisch, der auch Lan schmeckte. Sie genossen den Sonnenuntergang, die milde Atmosphäre, sie ließen sich viel Zeit. Kleine Boote fuhren vorbei, kaum beleuchtet, in der

Nähe war ein Dorf mit Holzhäusern auf Pfählen. Dort gab es auch viele Wohnboote. Chung trank mehrere Dosen Tiger Bier. Auch Luc trank ein Bier, Anh eine Cola und Lan freute sich über eine eisgekühlte Limonade.

In der Nähe des Restaurants, an der Straße am Flussufer, war ein kleiner Verkaufsstand für alkoholfreie Getränke, die man auf einfachen Holzbänken genießen konnte. Aus einem Kassettenrecorder klangen sehr laut französische Chansons, die bis zu dem Restaurant zu hören waren. Kaum einer der Kunden verstand die Texte, aber die Musik schien vor allem den jungen Leuten zu gefallen.

40

Sie fuhren mit einem Taxi auf der breiten Straße vom Flughafen in das Zentrum von Hanoi. Jetzt, um neun Uhr abends, war der Verkehr gering, einige LKWs, die auf der linken Straßenseite fuhren und nach dem Lichthupen sofort die Spur wechselten, und natürlich auch hier viele Mopeds, auf denen häufig zwei Personen saßen. Luc war überrascht, gelegentlich noch Simson-Motorräder aus der ehemaligen DDR zu sehen. Nur wenige Restaurants an der Straße schienen noch geöffnet.

Die Familie wohnte in der Ngo Quyen Straße, einer sauberen, ruhigen Straße, gesäumt von Tamarindenbäumen, nicht weit von der Straßenecke zur Trang Tien. Der Vater, Nguyen Van Ha, früher ein bekannter Internist, war jetzt pensioniert, aber beriet noch immer gelegentlich seine Kollegen im Krankenhaus. Die Mutter, Nguyen Thai Phuong, hatte auch Medizin studiert, aber nie wirklich praktiziert, jedoch gelegentlich im Krankenhaus geholfen.

Anh war glücklich, endlich ihre Heimatstadt zu erreichen und nach vielen Jahren ihre betagten Eltern wiederzusehen. Luc empfand den Empfang als freundlich, aber etwas steif. Lan war fröhlich und unbekümmert, sie war es, die die Atmosphäre auflockerte. Sie wurde auch sofort zum Mittelpunkt der Gespräche und durfte besonders lange aufbleiben, um die neue Umgebung gründlich zu inspizieren.

Das Haus war nicht groß: unten die enge Küche und das Wohnzimmer mit Esstisch, einem schmalen Sofa, einigen Holzstühlen, einer Glasvitrine und einem Farbfernsehgerät, im oberen Stockwerk mehrere sehr kleine Schlafgemächer.

Luc war überrascht. An einer Wand hing ein kleines Originalgemälde des populären Malers Bui Xuan Phai, das eine alte Straßenszene aus Hanoi zeigte. Alle Zimmer waren sehr sauber und ordentlich, in den Regalen an den Wänden standen viele Bücher, eine Atmosphäre der Ruhe und der Bildung. Luc fiel sofort auf, dass hier niemand rauchte.

Am nächsten Morgen wollten die Eltern etwas über die Familie von Luc hören, in Cho Lon, in Hôi An, und natürlich auch über das Leben in Deutschland. Der Vater kommentierte sofort den südlichen Akzent von Luc und lobte das reine Vietnamesisch von Lan. Auch hier freute man sich, dass Lan zweisprachig aufwuchs.

Sie blätterten in alten Fotoalben mit unscharfen oder vergilbten Bildern. 1977 hatte Ha einen Ärztekongress in Ho Chi Minh City besucht, das war noch in den ersten Jahren nach der mühsamen Wiedervereinigung.

Pötztlich stutzte Luc: "Aber das ist doch ein Foto von Duoc Le, dem Vater meines besten Freundes Nam!"

"Ja, ich traf ihn auf dem Kongress. Er war ein anerkannter Experte für traditionelle Medizin der südlichen Schule und besaß, wenn ich mich richtig erinnere, eine Apotheke. Er hatte damals viel publiziert. Leider starben er und seine Frau ein oder zwei Jahre später. Ich glaube, es war ein Unfall."

Die Kinder von Duoc Le kannte er nicht, ob sie irgendwo im Ausland lebten, vermochte er nicht zu sagen.

Sie hatten nun ein gemeinsames Thema gefunden, das entkrampfte die Atmosphäre spürbar.

Nur über den Krieg wollten sie nicht sprechen, auch nicht über die Zeit der Evakuierung von Hanoi.

Ha fuhr mit ihnen durch die Stadt, vorbei an den wichtigsten Sehenswürdigkeiten. Er trug eine graue Hose mit einem rot-braun gestreiften Hemd und darüber eine kurzärmelige Weste mit zwei großen Vordertaschen. Das Wetter war kühl und windig, der Himmel verhangen, ab und zu fiel ein leichter, feiner Regen.

Die Mutter kochte inzwischen Cha Ca, Fischfilet mit Nudeln, das Anh besonders gerne aß. Natürlich gab es auch Nem Rang, Frühlingsrollen mit Fischsauce. Dazu würden sie starken grünen Tee trinken, gewürzt mit getrockneten Chrysanthemen- und Hibiskus-Blüten. Die Familie war sehr gastfreundlich, und wenn sie Zeit hatte, kochte die Mutter gerne.

153

## 41

Am nächsten Tag besuchten sie Tue, den Onkel von Anh, den älteren Bruder des Vaters, der ein Textilgeschäft mitten in der Altstadt von Hanoi besaß und dort auch mit seiner Familie wohnte. Das lange, schlauchartige Haus lag in der Hang Bo Straße, der Korbstraße, einer der typischen schmalen Straßen, in denen sich die vielen Menschen zwischen Fahrrädern und Mopeds durchzwängten. Hier lebten und arbeiteten viele Chinesen. Die Altstadt war schon im Jahre 1010 gegründet worden, die Straßen wurden im 15. Jahrhundert angelegt.

Der Laden war schmal, aber tief, modern dekoriert, mit offenem Eingang direkt zur Gasse. Neben dem Geschäft war eine kunstvoll geschnitzte Holztür, durch die man in die vielen kleinen Räume der Familie gelang.

Der Onkel war groß, sorgfältig gekleidet mit dunkler Hose und langärmligem blauen Hemd. Er sah seinem jüngeren Bruder sehr ähnlich.

"Wir wohnen schon seit Generationen in diesem Haus, auch Ha ist hier geboren. Meine Kinder, zwei Söhne und eine Tochter, leben ebenfalls hier, wir haben viele, wenn auch kleine Räume, die Platz für mehrere Familien bieten, dazu drei Innenhöfe, jede Familie hat ihren eigenen Wohnraum. Einer meiner Söhne spricht gut deutsch, er war drei Jahre als Facharbeiter in Cottbus."

Tue ging mit ihnen durch das Haus. Luc bewunderte die liebevoll gestalteten Innenhöfe mit vielen Pflanzen und Blumen. Die hölzernen

Fensterläden waren geöffnet, kleine bunte Vorhänge flatterten im Wind. In den Schlafzimmern standen einfache Holzbetten mit dünnen Matratzen und Moskitonetzen.

Der Onkel zeigte auf die Straße: "Abends nimmt das Gewühl noch zu. Dann bummeln auch viele Schulkinder durch die Gassen, die Jungen in ihrer Schuluniform, weißen Hemden und dunkelblauen Hosen, die älteren Mädchen im Ao Dai. Leider haben wir auch viele fliegende Händler aus den Dörfern nahe Hanois, die hier eigentlich nicht sein dürften. Aber die Polizei kann nicht überall aufpassen. Wir haben einen spöttischen Namen für ihre Treffpunkte: Frosch-Märkte, weil die Händler gleich aufspringen, wenn sich Polizisten nähern."

In der Nähe wurden einige der alten Gebäude renoviert, manche sogar zu Mini-Hotels umgewandelt, nicht immer zum Vorteil des Straßenbildes. Die Behörden waren jedoch bemüht, so weit wie möglich die Identität und den Gesamteindruck der Altstadt zu bewahren. Kleine Tempel, für die Ahnenverehrung oder für berühmte Persönlichkeiten, die Schutz und Hilfe ermöglichten, wurden restauriert.

Der Onkel bot Luc ein Halida Bier an, oder bevorzuge er Reiswein? Luc und Ha tranken lieber ein Bier, Anh erhielt eine Cola und Lan einen Fruchtsaft. Der Onkel war noch im Laden tätig, trotz seines Alters.

"Mein ältester Sohn wird das Geschäft später fortführen. Ihr werdet ihn am späten Abend kennenlernen. Noch hat er etwas Eiliges in einer Behörde zu erledigen."

Dann setzte sich auch seine Frau dazu, die modern gekleidet war, mit Jeans und einem rosafarbigen T-Shirt, und die Anh interessiert nach ihrem Leben in Deutschland befragte.

Gegen Abend gingen sie durch die Hang Dao Straße, die Seidenstraße, zum Hoan Kien See, dem Herzen der Stadt. Hier war es ruhiger, ältere Männer spielten Karten oder Schach und knabberten Erdnüsse, die Gehwege waren sauber, auf den Bänken saßen junge Paare. Ein leichter Wind wehte. Das Wetter blieb trocken, es war ein angenehmer Abend.

42

Anh wollte eine Freundin aus der Jugendzeit besuchen und anschließend mit Lan ein Kinderfest. Nach einem einfachen Frühstück mit Klebreis und Gemüse fuhr Luc früh morgens ganz allein zu dem Literaturtempel, noch bevor die Touristenbusse Unruhe brachten. Es war ein klarer, kühler Morgen, die Luft  transparent, Luc konnte tief durchatmen.

Das also war die erste Universität des Landes, ganz in der konfuzianischen Tradition. Schon 1075 absolvierten hier die ersten Schüler die schwierigen Prüfungen, um dann als stolze Mandarine in ihr Dorf zurückzukehren. Sie mussten nicht nur lange Passagen der Klassiker auswendig lernen, sondern auch Gedichte und tiefsinnige Abhandlungen verfassen.

Um diese frühe Stunde wirkte die Ruhe fast intim. Luc ging langsam von Hof zu Hof, eine strenge Atmosphäre der Gelehrsamkeit, getreu des starren konfuzianischen Ordnungssystems. Alles war festgelegt, nichts dem

Einzelnen überlassen, der Untertan gehorchte dem Herrscher, der Sohn dem Vater, die Frau ihrem Mann.

Luc empfand das System als verkrustet und rigoros. Fleiß und Gemeinschaftswesen achtete auch er. Aber das Leben bot doch noch andere Tugenden, ein so starres System musste doch alles Kreative ersticken.

Luc blieb lange vor den Ehrensäulen der erfolgreichen Absolventen stehen. Wie hatten sie leiden müssen, asketisch leben, diszipliniert, nur ein Ziel vor Augen.

Als es dann laut wurde, weithin hörbare Schülergruppen und Touristen die Anlage belebten, fuhr er zurück in das Haus seiner Schwiegereltern.

## 43

Anh wollte mit Luc und Lan das berühmte Wasserpuppentheater sehen, das seit tausend Jahren im Delta des Roten Flusses gespielt wurde und jetzt sogar im Zentrum von Hanoi.

"Wir fahren morgen nach Chua Thay, das sind nur knapp 40 km von Hanoi. Dort, am Long Tri See, findet eine besonders romantische Aufführung statt, die nicht so von Touristen überlaufen ist wie das Thang Long Wasserpuppentheater in Hanoi. Das wird dir und Lan bestimmt gefallen. Zurzeit ist dort gerade das Pagodenfest der Hoi Chua Thay Pagode. Wir können schon morgen früh mit dem Bus fahren und abends spät nach Hanoi zurückkehren."

Sie erreichten Chua Thay am späten Vormittag. Die Pagode verehrte Tu Dao Hanh, einen Magier aus dem 12. Jahrhundert, der viele gute Taten verrichtet hatte. Das Gesicht der Statue war das ganze Jahr hindurch mit einem Tuch abgedeckt und wurde nur einmal im Jahr zum Pagodenfest gezeigt.

In der großen Tempelanlage standen auch eine Figur von Kaiser Ly Than Tong und drei ehrwürdige Buddha-Figuren: Sakyamuni, der historische Buddha, Amithaba, der asketische Buddha der Vergangenheit, und Maitreya, der fröhliche Buddha der Zukunft mit dem dicken Bauch. Sie wurden flankiert von Wächtern und Bodhisattvas. Von den Keramikbrennern zog intensiver Weihrauchdunst in die Luft.

Auf dem Tempelgelände waren Imbissstände und Getränkebuden aufgebaut, die schon so früh von vielen Kunden umlagert waren. Auch Anh und Lan wollten sich mit kühlen Getränken erfrischen. Die Busfahrt war sehr stickig gewesen, trotz des Fahrtwindes.

Am Nachmittag begann die erste Aufführung auf dem See, vor der Kulisse des Kalksteinberges.

Elfengleich glitten sie über die Wasseroberfläche, Fische, Enten, ein Einhorn und ein Phönix. Ein feuersprühender Drache wühlte das Wasser auf. Es war, als würden die Marionetten leben. Bauern versuchten Frösche zu fangen, ein Junge spielte Flöte auf einem Wasserbüffel, Elfen tanzten.

Auch die Anekdote von König Le Loi wurde gezeigt, der auf dem Hoan Kiem See im Zentrum von Hanoi von einer riesigen Schildkröte ein

Zauberschwert erhielt, das ihm half, in einer denkwürdigen Schlacht die chinesischen Eindringlinge der Ming- Dynastie zu besiegen. Stolz stand der König in der Mitte seines Boots, das von vier Untertanen auf dem See gerudert wurde. Dann aber kam erneut die goldene Schildkröte und schnappte sich ihr Schwert zurück. Das war eine berühmte Anekdote der Vietnamesen, die immer wieder erzählt und dargestellt wurde.

Die Aufführung hatte etwas Magisches, war voller Poesie. Dazu spielte ein traditionelles Orchester mit einem Xylophon aus Bambus, mit Gongs, Flöten und Trommeln. Lan fühlte sich wie in einer Traumwelt, sie konnte die versteckten Spieler nicht sehen, die hinter einer Bambuswand bis zur Brust im Wasser standen und die schweren Puppen aus Feigenholz geschickt manövrierten, sie gleichsam leben ließen.

Ganz benommen kam sie zurück nach Hanoi und erzählte ihrer Oma von dem sagenhaften Abenteuer.

Und immer wieder kam ein Abschied und das Versprechen, bald wiederzukommen. Anh fiel es besonders schwer, ihre Eltern waren ja schon alt und häufig von kleinen Krankheiten geplagt. Anh hatte Zweifel, ob sie eine Einladung nach Deutschland annehmen würden. Auch Luc hatte Hanoi gut gefallen.

Der Regen mischte sich mit ihren Tränen. An einem trüben Abend bestiegen sie das Flugzeug für den langen, anstrengenden Flug zurück in das winterliche Hamburg.

## 44

Manchmal hatte Luc Atembeschwerden, nichts Ernsthaftes, aber er spürte, dass er älter wurde und seine Arbeit langsam einschränken musste. Sein chinesischer Partner, Mr. Lee, hatte Verständnis und half, soweit es seine Zeit erlaubte. Luc delegierte immer mehr Arbeit, Lee kümmerte sich fast alleine um den Einkauf, Luc saß im Restaurant und kontrollierte die Abläufe. Irgendwann einmal würde Luc weitere Anteile an seinen Partner abgeben, der schon jetzt seinen Sohn mitarbeiten ließ. Für die Nachfolge war also gesorgt. An ihrer Speisekarte änderten sie nichts. Da gab es auch weiterhin kantonesische und vietnamesische Gerichte.

Im Herbst vor der Jahrtausendwende fuhr Luc mit Anh nach Berlin und besuchte das Asiatische Handelskontor im Osten der Stadt, in dem Mr. Lee regelmäßig für ihr Restaurant einkaufte. In den großen Betonhallen boten achtzig überwiegend vietnamesische Händler Lebensmittel, Textilien, bunte Kunstblumen, Spielzeug, Haushaltswaren und Souvenirs an, ein quirliger Groß- und Einzelhandelsmarkt, auf dem sich viele Vietnamesen fast wie zu Hause fühlten.

Sie gingen von Stand zu Stand, genossen die vietnamesischen Gerichte in der gemütlichen Kantine, kauften vietnamesische DVDs und CDs und Anh erwarb einen ganzen Stapel von Illustrierten. Die meisten Verkäufer kamen aus dem Norden Vietnams, ehemalige Vertragsarbeiter und sogar Studenten, die hier ihr eigenes Geschäft gegründet hatten. Der Markt war auch eine Kontaktbörse, hier trafen sich Freunde und es war möglich, sich beraten zu lassen, über Deutschkurse und besonders günstige Gruppenreisen nach Vietnam.

Am Nachmittag fuhren sie wieder einmal in ihr vietnamesisches Restaurant am Kurfürstendamm. Bei ihrem nächsten Ausflug würden sie Lan mitnehmen, nicht nur, um ihr das vietnamesische Zentrum zu zeigen, sondern auch die Stätte ihrer ersten Begegnung.

45

Luc bedauerte, dass er in Vietnam nichts über den Wohnort seines alten Freundes Nam erfahren hatte. Auch von Pierre Gautier hatte niemand etwas gehört.

Wie konnte Luc wissen, dass Pierre Gautier an diesem heißen Abend im Sommer 2005 mit seiner Frau Minh Sen und ihrer 23-jährigen Tochter Thi Linh in der Le Paon Taverne auf dem Grand Place in Brüssel saß? Er trank bereits sein zweites Bier. Er liebte die besondere Atmosphäre, die historischen Gebäude, das lebhafte Gewühl der Touristen aus aller Welt. Sein Schwager Nam musste jetzt bald kommen, der Zug aus Paris war schon vor fast einer Stunde eingetroffen.

Er rief ihm ein fröhliches "Chao Ban!" zu. Sie hatten schon immer ein herzliches Verhältnis zueinander gehabt. Wenn sie Zeit fanden, besuchten sie sich gegenseitig. Nam war unverheiratet, aber als Journalist und freier Schriftsteller hatte er einen vollen Terminkalender und Pierre konnte sich nur gelegentlich von seinem Chefsessel der Groß- und Außenhandelsfirma lösen. Nachdem sein Vater vor fast zwanzig Jahren gestorben war, hatte Pierre die Leitung der Firma übernommen.

Es war eine besondere Zusammenkunft. Pierre plante seine erste Vietnam-Reise nach Jahrzehnten, gemeinsam mit seiner Frau Minh Sen, der jüngeren Schwester von Nam, und ihrer Tochter Linh. Vielleicht konnte ihnen Nam noch einige Tipps geben, obwohl er nach 1978 auch nicht wieder in Vietnam gewesen war. Aber als Journalist war er gut informiert und viele seiner Freunde besuchten während der letzten Jahre mehrfach Hanoi und Saigon.

Pierre hatte durch einen belgischen Bekannten, der im diplomatischen Dienst in Paris tätig war, von Nam gehört, der schon seit vielen Jahren Berichte über Vietnam publizierte. Anfang 1980, nur zwei Jahre nach seiner Flucht, trafen sie sich in Paris.

Nam hatte viele Illusionen verloren.
"Ich war natürlich froh, dass mein Heimatland vereinigt war, aber ich glaubte, dass es an einer realistischen Konzeption für die Integration des Südens fehlte. Niemand berücksichtigte die kulturellen Unterschiede. Ich wollte dem Chaos entfliehen und in Frankreich einen Neuanfang versuchen. Dazu kam die Furcht, dass man mich für den Krieg mit Kambodscha als Soldat einziehen könnte.

Vom Süden aus per Boot zu fliehen erschien mir als sehr riskant. So fuhr ich mit Minh Sen per Eisenbahn von Ho Chi Minh City nach dem Norden und versuchte das Land über Halong Bay zu verlassen. Das endete fast in einer Katastrophe, wir entkamen den Verfolgern nur um Stunden. Dann aber gelang uns die Flucht über den kleinen Grenzort Tsung Tin in die Volksrepublik China. Zehn Tael in Gold hat uns das gekostet."

In China waren sie zunächst einmal sicher, aber sie mussten drei Monate in einer landwirtschaftlichen Kolchose in der Provinz Guangxi arbeiten, bis man sie über Guangzhou ausreisen ließ. Schon nach zwei Wochen erhielten Nam und seine Schwester offizielle Einladungen aus Frankreich, die chinesischen Behörden wollten jedoch nichts übereilen.

Während des Aufenthalts in China ging es ihnen relativ gut, sie hatten ausreichend zu essen und auch die medizinische Versorgung war zufrieden stellend. Sie konnten Vietnam noch gerade rechtzeitig verlassen, nur Wochen später wurde die Grenze geschlossen und Vietnam und China befanden sich im Kriegszustand.

Nam war zusammen mit seiner jüngeren Schwester Minh Sen geflohen, die Pierre zum ersten Male 1980 in Paris wahrnahm. Damals, 1962 in Vietnam, war sie erst 17 Jahre alt gewesen. Pierre konnte sich nicht erinnern, sie schon in Saigon gesehen zu haben.

Jetzt aber stand sie vor ihm, ein graziler Engel, elegant, jünger wirkend als Mitte dreißig, mit wehendem schwarzen Haar, einem leicht bräunlichen Teint, verträumten Augen und einem zurückhaltenden, aber dennoch selbstbewussten Auftreten. Sie trug einen modischen Hosenanzug mit einem breiten roten Schal. Er war befangen, ja verschüchtert, er wagte kaum sie einzuladen, was würde Nam von ihm denken?

Schließlich traute er sich doch, sie aßen in einem italienischen Restaurant im Quartier Latin, und als Pierre von Saigon erzählte, von seinen gemeinsamen Wochen mit Nam, löste sich die Spannung und Minh Sen wurde immer unbefangener. Sie sprach fast akzentfreies Französisch. Als Pierre sie nach Brüssel einlud, natürlich gemeinsam mit Nam, willigte sie unbekümmert ein.

Sie trafen sich immer wieder, in Paris, in Belgien, und schließlich heirateten sie 1981 in Brüssel. Ihre Tochter Linh, der Frühling, wurde 1982 geboren.

Pierre und Nam nahmen jede Gelegenheit wahr, sich zu begegnen, zu plaudern und diskutieren.

Die Jahre vergingen, Linh studierte jetzt Pharmazie. "Vielleicht eröffne ich später einmal eine Apotheke, in Europa oder eventuell sogar in der Nachfolge meines Großvaters in Saigon."

Linh freute sich auf die Reise, es sollte auch ein Geschenk von Pierre an seine Tochter zur Graduierung sein.

46

Nam blieb zwei Tage bei Pierre und seiner Familie. Er war in letzter Zeit immer mehr journalistisch tätig, für mehrere französische Tageszeitungen, und hatte schon längere Zeit keine Erzählungen und Kurzgeschichten mehr veröffentlicht.

"Du weißt ja, dass ich meine Erzählungen auf Vietnamesisch schreibe. Das sind alles Themen, die die Auslands-Vietnamesen interessieren. Ich kann hier ganz ohne Zwang, ohne Zensur schreiben und das nutze ich aus."

Pierre interessierte das Thema. "Hast du auch schon etwas in Vietnam veröffentlicht?"

"Nein, ich habe es nicht einmal versucht. Meine Themen interessieren dort nicht. In Vietnam hat man andere Probleme, die ich nicht so gut kenne. Du weißt ja, ich bin nicht wieder in das Land gereist. Vielleicht sollte ich das tun, vielleicht schon nächstes Jahr. Ich könnte dort eine Weile leben, meinen Horizont erweitern und die dortige Realität kennenlernen. Das brächte mir neue Impulse und aktuellere Themen. Es gibt dort zwar noch immer eine Zensur, aber die wird sehr locker gehandhabt. Ich schreibe ja ganz unpolitisch.

In Frankreich verkaufe ich leider immer weniger. Viele junge Vietnamesen der zweiten oder dritten Generation wollen nur noch auf Französisch lesen und nicht mehr auf Vietnamesisch. Sie entfremden sich immer mehr unserer Kultur. Auch in Europa ändern sich die Zeiten. Die vietnamesische Jugend interessiert sich kaum für das Schicksal ihrer Eltern und deren Vergangenheit. Sie leben im Heute. Und nur für die ältere Generation schrumpft der Markt."

"Und warum schreibst du nicht auf Französisch, du beherrscht doch die Sprache wie ein Einheimischer?"

"Da ist doch ein Unterschied. Ich kann für Zeitungen auf Französisch schreiben, aber meine Gefühle nur auf Vietnamesisch artikulieren. Ich habe einen Übersetzer, aber kaum ein französischer Verleger zeigt Interesse an meinen Themen."

"Du solltest nach Ho Chi Minh City fahren, so wie wir. Versuch doch einige Wochen Zeit zu finden. Wir könnten doch jetzt zusammen reisen, deine Schwester würde sich auch freuen."

"In diesem Jahr habe ich leider Verträge und Verpflichtungen. Du kannst ja schon einmal für mich die Atmosphäre erschnuppern, im nächsten Jahr fahre ich dann, wenn alles klappt, für mehrere Monate."

Sie tranken zusammen ein Bier, sie waren Freunde und konnten über alles sprechen und diskutieren.

"Pierre, du musst mir versprechen, nach Luc zu suchen. Ich habe von meinem Jugendfreund seit unserer Zeit in Vietnam nichts mehr gehört. Seine Eltern sind natürlich schon sehr alt, aber vielleicht triffst du einen Verwandten, der seine Anschrift kennt. Ich glaube, er hatte einen jüngeren Bruder. Ich weiß allerdings nicht, ob sie zusammen geflohen sind. Seine alte Anschrift kennst du ja, Nguyen Trai Straße in Cho Lon. Das heißt jetzt Distrikt 5 und viele Straßennamen wurden ja auch geändert. Im Hotel kann man dir sicherlich helfen."

47

Aus dem Tagebuch von Pierre Gautier, 2005

30. Oktober:

Ich bin enttäuscht. Die Terrasse des Continental Palace Hotels in Saigon gibt es nicht mehr. Ich hatte Minh Sen davon erzählt und auch Linh war

166

neugierig. Ich wollte doch noch einmal die besondere Atmosphäre genießen, die Nähe zum bunten Leben auf der Straße, den Blick auf den Theaterplatz.

Sicherlich, es gibt jetzt die Veranda "Continental Shelf", aber alles ist verglast, klimatisiert, eben steriler geworden. Es fehlt der unmittelbare Kontakt zu den Passanten. Früher war hier so etwas wie ein Hauch von Pariser Atmosphäre. Schade. Als das Hotel 1989 wieder eröffnete, sollte ein Zeichen für Modernität gesetzt werden. Positiv ist der schöne, allerdings nach innen geschlossene Garten mit Hibiskus- und Frangipani Bäumen. Das ist eine richtige Oase in der hektischen Stadt, dort saß ich gestern zwei Stunden ganz allein und genoss die Ruhe.

31. Oktober:

Schwüle und Hitze.

Wie hat sich doch das Stadtbild gewandelt! Es ist lauter, staubiger, Autos hupen, Abgase verpesten die Luft. Früher konnte ich bequem hinter dem Fahrer auf einem Fahrradtaxi, einem Cyclo, fahren. Heute sieht man sie nur noch für nostalgische Touristen vor den Hotels. Xe-Om, die Motorradtaxis, haben sie ersetzt und mehr und mehr auch Taxis.

Überhaupt die Motorräder und Mopeds. Sie knattern durch das Gewühl der Straßen, vor allem 70 ccm und 100 ccm Hondas, Honda Dream II scheint besonders beliebt zu sein. Heute sah ich auch einige 125 ccm Minsk Maschinen aus Russland. Es gibt überall reguläre Motorrad-Parkplätze, schön nummeriert, damit man seine Maschine auch wiederfindet. Der Hotelportier erzählte mir, dass einige Leute ihre Motorräder in ihre

Wohnung nehmen oder in Tempeln abstellen, um zu vermeiden, dass sie gestohlen werden.

Junge Leute rasen vor allem abends und am Wochenende durch die Straßen Saigons, entlang der Dong Khoi, der Nguyen Hue oder Le Loi. Sehen und gesehen werden, man muss doch sein Motorrad zeigen und vor allem die rasante Fahrkunst. Frauen klammern sich an die männlichen Fahrer. Fährt eine Frau und der Mann sitzt hinten, versucht er sich möglichst nicht festzuhalten, er will Bravour zeigen. Niemand trägt einen Schutzhelm, keiner will sich überholen lassen.

Ich brauchte Mut, die Straßen zu überqueren. Aber es funktioniert. Geht man stur durch das Verkehrsgetümmel, scheint jeder Fahrer auszuweichen. Ampeln gibt es auch, aber sehr selten. Einige sind ganz modern und zeigen im Sekundentakt an, wann sie grün oder rot werden.

Viele Frauen tragen einen Gesichtsschutz, der sehr praktisch ist. Minh Sen war davon begeistert. Nicht nur, dass er vor Staub schützt, er ist gleichzeitig ein Sonnenschutz. Denn ein blasses Gesicht beweist doch, dass man nicht draußen körperlich arbeiten muss, zum Beispiel auf einem Reisfeld, sondern dass man eine echte Städterin ist. Das hebt das Image. Und damit auch die Arme blass bleiben, darf natürlich ein zusätzlicher Ärmelschutz nicht fehlen und dazu möglichst auch noch lange Handschuhe. Viele Frauen fahren auch noch mitten im Verkehr auf schweren Fahrrädern. Ich staune, wie langsam und ruhig sie fahren, das Brausen um sie herum stört sie nicht.

Ich kann mich nur wundern, die Stadt ist nicht wiederzuerkennen.

1. November:

Oh welche Schwüle, welche Hitze!

Ich habe Mühe, mich an die Luftfeuchtigkeit zu gewöhnen. Trotzdem möchte ich möglichst viel laufen, um das neue Saigon kennenzulernen (an Ho Chi Minh City kann ich mich nicht gewöhnen). Linh pflichtet mir bei und begleitet mich, während Minh Sen im Hotel bleibt. Sie will versuchen, ein Wiedersehen mit früheren Freundinnen zu arrangieren. Das scheint schwierig zu sein. Linh und Minh Sen leiden kaum unter dem Klima, ich habe da schon mehr Probleme.

Ich zeige Linh die prunkvolle Hauptpost in der Nähe unseres Hotels, die schon 1891 fertig gestellt wurde. Gustave Eiffel war einer der Architekten. Sie sieht noch immer so aus wie früher. In der Halle prangt hinten an der Wand ein großes Bild von Ho Chi Minh, eines der wenigen öffentlichen Portraits, die ich bisher gesehen habe. Die hagere Gestalt des Revolutionärs wirkt würdevoll. Ich muss an die bekannten Worte von "Onkel Ho" denken: "Es gibt nichts, was schöner und herrlicher ist als Unabhängigkeit und Freiheit", Worte, die eine ganze Generation geprägt haben.

Wir bummeln entlang der Dong Khoi Straße, unter den grünen Tamarinden-Bäumen, schauen in die neuen, modernen Geschäfte und Kunstgalerien, gehen bis zum Song Sai Gon, dem Saigon-Fluss, und dann langsam zurück in unser Hotel. Ich zeige Linh die neuromanische Kathedrale Notre Dame und die Oper.

2. November:

Wir fahren nach Cho Lon in die Nguyen Trai Straße, Minh Sen, Linh und ich, wir versuchen, etwas über Luc zu erfahren. Auch hier sehen viele Gebäude verändert aus, ich habe Mühe, mich zu orientieren. Schließlich finde ich doch noch das Gebäude, in dem früher das große Eisenwarengeschäft der Familie war, aber dort wird heute junge Mode verkauft, vor allem Jeans, die auch hier populär sind.

Ein älterer Chinese spricht uns an, ich frage ihn nach der Familie Le, die hier früher ein Geschäft hatte. Welche Überraschung! Der Chinese ist Hung, der Bruder von Luc, die Familie wohnt noch immer hier. Ja, das Eisenwarengeschäft habe die Familie vor Jahren aufgegeben, es gab zu viele Probleme mit der Warenbeschaffung.

"Ich bin Pierre Gautier, mein Vater war früher einer der Lieferanten Ihres Vaters, mein Schwager Nam der beste Freund Ihres Bruders."

Wir sind herzlich willkommen. Hung gibt gerne Auskunft:
„Ja, unsere Mutter lebt noch, sie ist natürlich schon sehr alt. Früher verwaltete sie die Kasse der Firma, aber das kann sie jetzt leider auch nicht mehr. Leider starb unser Vater schon vor vielen Jahren.
Luc lebt seit seiner Flucht in Deutschland, in Hamburg, er war vor einigen Jahren hier bei uns in Cho Lon. 1995 habe ich zusammen mit ihm in Deutschland TET gefeiert. Wir können heute Abend mit ihm telefonieren, er wird sich freuen, von Nam zu hören."

Hung lädt uns in seine Wohnung ein, dort können wir in Ruhe sprechen und die ehrwürdige Mutter begrüßen, die sich noch gut an Nam erinnert.

Sie ist neugierig darauf, etwas von seinem Leben zu erfahren, etwas über Paris zu hören.

Wir müssen unbedingt zum Essen bleiben. Minh Sen und Linh trinken frische Fruchtsäfte, Hung und ich ein Bier.

Hung ist ein erfolgreicher Kaufmann. Seit der Einführung der Marktwirtschaft und der internationalen Öffnung des Landes habe sich so vieles geändert. Überall kann man Coca Cola kaufen, kommunistische Slogans wurden durch Werbeplakate ersetzt, Motorräder, Autos, Fernsehgeräte und Computer aus Japan und China importiert, Ausländer investieren wieder, neue Hotels entstehen, die Jugend drängt sich in Karaoke Bars. Aber das sei uns wohl auch schon aufgefallen.

Vor allem, und das scheint Hung besonders wichtig zu sein, ist es wieder möglich zu reisen, meistens in Gruppen, nicht nur im Inland, sondern auch ins Ausland. Sorge bereitet Hung die Landflucht, die Bevölkerung der großen Städte wächst zu schnell und das bringt natürlich Probleme mit sich, wie überall in Asien.

Dann telefoniere ich mit Luc, der erstaunt ist, von Nam zu hören. Wir müssen uns so schnell wie möglich treffen, am besten schon anlässlich des TET-Festes, vielleicht in Hannover. Ich verspreche Luc, sofort nach meiner Rückkehr mit Nam zu sprechen.

4. November:

Minh Sen möchte den Binh Tay Großhandelsmarkt besuchen. Vielleicht kann sie dort Anregungen und neue Kontakte für ihre Freundin finden, die in Brüssel ein Geschäft für asiatische Produkte hat. Also fahren wir wieder nach Cho Lon, in die Hau Gian Straße, zwischen Bezirk 5 und 6.

Ich bin überrascht, das Angebot ist überwältigend, Hunderte winziger Verkaufsstände, überfüllt mit Haushaltsartikeln, Textilien, Schuhen, Lebensmitteln. Da gibt es Händler, die sich ganz auf Hüte oder Mützen spezialisiert haben, ganze Basargänge voller Schuhe, Säcke gefüllt mit getrockneten Pilzen, Garnelen und Kräutern. Waren werden herangekarrt und abtransportiert. Eine ohrenbetäubende Geräuschkulisse, alle scheinen durcheinander zu sprechen, es wird fast nur Chinesisch gesprochen, auch die meisten Namensschilder sind auf Chinesisch verfasst.

Verkäufer und Käufer sitzen oder hocken auf kleinen Metallschemeln vor den offenen Ständen, es wird diskutiert, gefeilscht, Aufträge werden auf Formulare notiert. Es ist eng, warm und stickig, viele Männer tragen kurze Hosen.

Vor mir läuft ein schwitzender Chinese, der ein langes Hemd mit blauer Krawatte trägt und beim Laufen in ein Handy schreit. Eine dicke, ältere Frau liegt in einer Hängematte vor einem kleinen Laden, fächert sich Luft zu und beobachtet gelassen die Passanten.

Viele der Verkäufer oder Firmenbesitzer haben ein Telefon für schnelle Geschäftskontakte auf einen Metallstuhl vor ihren Laden gestellt, einige halten Laptops auf dem Schoß.

Ein Laden ist leer, bis auf einen überfüllten Schreibtisch mit Papierbergen, dazwischen Gläser und eine Teekanne. Auf einem Hocker sitzt ein Chinese mit kurzer Hose, der aufgeregt telefoniert.

Hier trägt Cho Lon mit Recht den Namen "Großer Markt".

Minh Sen spricht mit mehreren Händlern auf Chinesisch, vor allem mit den Schuhverkäufern. Die Auswahl ist erdrückend, Vietnam einer der führenden Schuhexporteure weltweit. Visitenkarten werden getauscht.

Ich gehe zwischendurch nach draußen. Auf dem gelben Dach der Markthalle winden sich glücksbringende Drachen. Auch vor dem Markt ist ein Menschengewühl. Am Straßenrand sitzen drei Barbiere. In der Nähe hocken vier Männer und spielen Karten. Auch die Schuhe kann man sich hier putzen lassen.

Wir fahren in das Zentrum von Cho Lon. Die Restaurants sind überfüllt. Aus großen Lautsprechern tönt Musik. Die Gehwege sind voller Menschen, Geschäftsleute, ältere Frauen, Schulkinder in Uniformen, die älteren Mädchen in hübschen weißen Ao Dais, wir kommen nur langsam weiter. Mehrere Kinder essen im Laufen Nudelsuppe aus einem schmutzigen Blechnapf. Es riecht nach Schweiß und irgendwie auch nach Obst.

Schließlich finden wir einen Tisch in einem kleinen Restaurant gegenüber der Pagode Chua Ong Nghia An und bestellen eine kambodschanische Nudelsuppe mit Schweinefleisch, die uns gut schmeckt. Ich bestelle Cola für uns alle. Die Bedienung ist überrascht, dass ich Cola ohne Eis möchte. Das sei doch nicht gut, das Eis töte doch alle Bakterien.

Minh Sen ist glücklich über ihre Kontakte. Sie wird noch heute mit ihrer Freundin telefonieren und morgen eventuell erneut zum Binh Tay Markt fahren.

Ich bin erstaunt über die vielen Internet Cafes. Linh hat das nicht anders erwartet, sie sieht Vietnam mit anderen Augen, mich verfolgt noch immer die Vergangenheit. Minh Sen kauft ein Lotterielos an einem großen Losstand, vor dem sich viele Menschen stauen. An einer Tafel stehen mit Kreide die letzten Gewinnnummern. Wir schauen uns die Werbeschilder vor einem Kino an, sie sehen kitschig und blutrünstig aus, werben für vietnamesische und chinesische Filme.

5. November:

Ein ganz besonderer Tag. Minh Sen fährt allein zum Binh Tay Markt, dort will sie mehrere Stunden verhandeln. Linh will sich mit einigen vietnamesischen Studentinnen treffen, zu denen sie über ihre Hochschule Kontakt hat.

So habe ich einen ganzen Tag für mich und beschließe, ein Taxi zu mieten und auf den Spuren der Vergangenheit zum Nui Ba Den zu fahren, dem "Berg der schwarzen Jungfrau". Dort verbrachte ich ja mit Nam die ersten Tage der Gefangenschaft bei den Vietkong. Ich bin gespannt, wie es dort heute aussieht, ob ich den Berg und die Höhlen überhaupt wiedererkenne.

Minh Sen bittet mich, nicht zu spät zurückzukommen, in ländlichen Gebieten geschähen manchmal Dinge, die man nicht erklären könnte. Nicht umsonst glauben die Bauern an Geister. Ich blicke sie erstaunt an. Glaubt Minh Sen etwa auch daran?

Die neue Nationalstraße 22 ist gut ausgebaut. Früher war hier eine schmale Straße und die Fahrt ging entlang endloser Reisfelder durch eine arme, landwirtschaftlich geprägte Gegend, die im Krieg so sehr gelitten hat.

Jetzt sehe ich überall neue Häuser, neuen Wohlstand. Der Fahrer, der gut englisch spricht, erzählt, dass viele junge Leute in Ho Chi Minh City arbeiten, im Distrikt 1 oder 3, dort sehr sparsam in Gemeinschaftswohnungen oder einfachen Pensionen wohnen und ihre Dörfer nur einmal im Monat besuchen. Die Eltern bleiben im Dorf, in ihren neuen, modernen Häusern, und kümmern sich um die Landwirtschaft.

Reisfelder gibt es noch immer. Die Arbeiter stehen gebückt im Wasser, die Frauen tragen einen Non, einen kegeligen Hut aus Palmenblättern. Es ist heiß im Wagen. Wir halten kurz an, öffnen die Fenster und Türen und verjagen einen Schwarm Feuerfliegen. Hinter großen Kapokbäumen verbirgt sich ein Dorf.

Auch hier Kinder in Schuluniformen, blaue Hosen oder Röcke, weiße Hemden. Eine Frau trägt Töpfe mit einer Nudelsuppe an ihrer Schulterstange, die sie in kleine Näpfe schüttet und portionsweise verkauft. Die meisten Männer tragen Baseball- Kappen, haben harte, gegerbte Gesichter. Einige Jungen spielen Fußball, barfuß mit einem kleinen Ball. Fußball ist der populärste Sport, obwohl es nur wenige aktive Spieler gibt. Gelegentlich sehe ich auch selbstgefertigte Billardtische. Hier wird wohl nur abends gespielt.

Schon von weitem sehe ich den Nui Ba Den. Früher bedeckte unwegsamer Dschungel die Gegend um den Fuß des Berges, den ich ja noch so lebendig in Erinnerung habe. Jetzt ziehen sich die Reisfelder bis zum Berg, die Wälder wurden ein Opfer des Krieges, vor allem des Agent Orange Giftes. Auch die früher so dicht bewaldeten Berghänge wirken kahler.

Wir kommen näher, und dann die fast makabre Überraschung. Der einst so umkämpfte Berg, Festung der Befreiungsfront, Symbol einer tragischen Vergangenheit, wurde in einen Vergnügungspark verwandelt. Von dem Parkplatz fährt eine Schienenbahn bis zu einem Sessellift, mit dem man für wenig Geld und ganz ohne Mühe den Gipfel erreichen kann. Neben der Seilbahnstrecke befindet sich eine Trockenschlittenbahn. Mit großem Gelächter fährt eine Gruppe japanischer Touristen in die Tiefe.

Ich fahre ganz alleine mit dem Sessellift. Ich lade den Taxifahrer ein, mich zu begleiten, doch er traut sich nicht. Dünne Eukalyptusbäume gleiten vorbei, dazwischen überall die steilen Granitfelsen, strömende Bäche, die nach unten stürzen, auf mittlerer Höhe etwas dichtere Vegetation, von Lianen umklammert. Es gibt auch noch Höhlen mit buddhistischen Statuen, aber alles ist für Touristen erschlossen. Nur der grandiose Weitblick versöhnt.

Die dramatische Geschichte des Berges ist nicht mehr vorstellbar. Während des Krieges hatten Spezialeinheiten der Amerikaner eine Festung mit einer Relaisstation gebaut, die nur bei schönem Wetter per Hubschrauber erreichbar war, denn der übrige Teil des Berges blieb in der Hand des Vietkong. Die kleine Festung auf dem Berg wurde nie erobert, das hätte zu viele Opfer gekostet. Von weitem konnten die Südvietnamesen die schwachen Lichter der Parfümflaschen-Lampen auf dem düsteren Berg sehen, Gruppen von Partisanen, von unten nicht erreichbar. Das alles war nun Geschichte, vergangen, vergessen.

Ich bitte den Taxifahrer, an einem kleinen Restaurant zu halten. In einem Vorort der Stadt Tay Ninh halten wir. Hier sind saubere Holztische mit Plastikdecken, auf denen Glasplatten liegen. Am Nachbartisch sitzen zwei Männer, die während des Essens rauchen. Einer von ihnen trägt einen Hut und eine lange Jacke, die einen Teil der weißen Hose bedeckt, der zweite ein graues, langärmeliges Hemd, die Ärmel hochgekrempelt, und eine dunkle, ungebügelte Hose.

Der Taxifahrer und ich bestellen Pho, eine Nudelsuppe mit frischem Gemüse, und trinken Caphe Xua, einen starken Kaffee mit Milch. Man bietet uns Reiswein an, den wir ablehnen. Es sei noch zu früh dafür. Für die Rückfahrt kaufen wir kleine gepresste Reiskuchen mit Erdnüssen, wie sie schon die Vietkong Partisanen auf dem Ho Chi Minh Pfad kannten.

Hier sind wir ganz nahe an der kambodschanischen Grenze. Viele Bewohner sind Anhänger der Cao Dai Religion oder des Theravada Buddhismus, der nur hier, vor allem bei der kambodschanischen Minorität, Verehrer fand. In verschiedenen Dörfern sehe ich kleine, bizarr wirkende Cao Dai Tempel.

Auch der große Tempel, das Zentrum dieser Religion, ist in der Nähe, doch für einen Besuch ist es heute zu spät. Ich nehme mir fest vor, auf jeden Fall später noch diesen Tempel zu besuchen. Das hatte ich ja schon vor vielen Jahren geplant, auf der schicksalsträchtigen Fahrt, die bei den Vietkong endete.

Abends erzähle ich Minh Sen von meinem bewegenden Ausflug. Sie ist glücklich, ihre neuen Kontakte sind erfolgversprechend und vielleicht ist es auch für sie möglich, Geschäfte mit vietnamesischen Waren in Belgien zu tätigen.

Linh kommt an diesem Abend erst sehr spät in das Hotel zurück.

48

Auszüge aus E-Mails von Linh an ihre Kommilitonin Justine

Ho, 6. November 2005
Hi Justine,
Ho, so nennen die Einheimischen Ho Chi Minh City, der Name ist ja auch zu lang. Meine beiden Karten wirst du erhalten haben. An die Hitze, die Feuchtigkeit habe ich mich gut gewöhnt, Pa stöhnt noch immer, Ma macht das wohl weniger aus. Beide sind hier sehr beschäftigt. Ich fand es lieb von Pa, dass er mir die Sehenswürdigkeiten zeigte. Jetzt wandelt er auf den Spuren seiner Vergangenheit. Die alten Geschichten kenne ich ja zu Genüge. Die heutige Realität scheint ihn zu verwirren.

Ich traf mich mit Mo und Kim. Das war spannend, denn so lernte ich ein anderes Ho kennen – oder sage ich lieber Saigon, denn das scheint wieder Mode zu werden, und dann weißt du ja auch sofort, was ich meine.

Die Uni ist hier doch ganz anders, Parties sind viel seltener angesagt, man lernt verbissener. Das hat wohl mit der konfuzianischen Tradition zu tun,

178

obwohl das niemand zugeben will. Stell dir vor, die Mädchen rauchen nicht, das ist verpönt, aber bei den Tay, den ausländischen Studentinnen, wird das toleriert, ja sogar erwartet. Es gibt doch große Mentalitätsunterschiede.

Aber die Musikszene ist super und ganz westlich orientiert. Pop-Rock ist in und Musik aus Hong Kong und Taiwan. Natürlich liebt man auch schmachtende Liebeslieder wie in vielen Ländern Asiens und romantische Musik wie die von Trinh Cong Son. Es gibt sogar Discos, wenn auch nur wenige und wohl nur in den großen Städten. Die besucht man nur in Gruppen oder paarweise, niemals alleine. Natürlich sind alle Karaoke crazy, das kennen wir ja auch schon von der Uni.

Es gibt viele gute Sängerinnen. Besonders populär sind My Tham und Thanh Lam. Ich kann mir nicht alle Namen merken, aber ich bringe einige CDs mit. Die sind hier übrigens viel billiger als bei uns. Pop Stars haben eindeutig die politischen Helden der Vergangenheit ersetzt.
...


Saigon, 7. November
Hi Justine,
dies ist ein junges Land, das merkt man sofort, zwei Drittel der Menschen sind nach 1975 geboren. Der Krieg ist nur noch ein Mythos, von dem die Eltern oder Großeltern erzählen. Er ist bei der Jugend nicht mehr wirklich präsent. Man trägt Jeans, T-Shirts und modische Kleidung, häufig von europäischen Versandkatalogen inspiriert, trinkt Cola, isst Burger. Ein neues Wertesystem entwickelt sich.

Ich kann natürlich nur von Saigon sprechen, der wahrscheinlich offensten Stadt. Mädchen ziehen die klassischen Ao Dais nur noch bei besonderen Festen an. Sie sind übrigens auch die Schulkleidung bei den Gymnasiastinnen.

Sobald sie sich eine Honda leisten können, geben die Jungs damit an, fahren nachts wilde Rennen im Stadtzentrum. Sonst sprechen sie ewig von Fußball. Du siehst, hier ist echt etwas los, kein erstarrtes, langweiliges Land.

Was mich überrascht hat: Sehr viele junge Menschen sprechen englisch, während Französisch kaum zu hören ist. Computer-Kurse sind überlaufen und es wimmelt von Internet-Cafes. Ich schrieb ja schon, dass viele Studenten intensiver lernen als bei uns. Hier ist so etwas wie eine Lerngesellschaft, vergleichbar mit Singapore. Die jungen Menschen zeigen Respekt vor ihren Eltern, selbst wenn die Ansichten divergieren, aber man sagt das nicht, und offene Opposition ist verpönt. Man muss eben harmoniefähig sein.

Aber es wird natürlich nicht nur gelernt. Alle lieben Musik, Fernsehen, Kino, Mode und japanische Cartoons, wilde oder romantische Stories. Kannst du dich an das Epos "Kim Van Kieu – Das Mädchen Kieu" von Nguyen-Du erinnern, 3245 Verse, Ende des 18. Jahrhunderts geschrieben? Wir lasen das vor einigen Monaten und empfanden es damals als wahre Seifenoper? Hier gilt es als höchstes Ausdrucksbild des vietnamesischen Wesens und wird von allen Generationen geschätzt, vor allem auch wegen der Schönheit der Sprache. Viele kennen etliche Verse auswendig. Stell dir vor, es soll 160 vietnamesische Bücher zur Interpretation dieses Versromans geben.

Was mir noch auffällt: der Lärm. Ich glaube die Menschen sind einfach weniger lärmempfindlich. Vielleicht kommt das durch die Großfamilien und das Gruppenleben. Ich war mit Mo in einem Karaoke Club. Nun, auch beim Karaoke wird möglichst laut gesungen. Um sich zu verständigen, überschreit man die Sängerinnen. Das ist ganz normal und niemand wundert sich darüber.

Noch ein Tipp: Wenn du besonders schön und bescheiden wirken willst, musst du intensiv mit den Fingern knacken! Das hat mir heute Mo erzählt und gleich demonstriert. Leider gelang es mir nicht sofort.

Das war wieder eine lange Mail, aber ich erlebe hier fast stündlich etwas Neues. Ich ruf dich morgen Abend einmal an, dann können wir noch andere Dinge besprechen.

...

Saigon, 9. November
Chao Chi!
Du hast mich gestern am Telefon richtig zum Grübeln gezwungen, und das im Urlaub!

Also, das mit der Marktwirtschaft ist so: Vietnamesen, und wohl auch Chinesen, halten sie nicht für eine Erfindung des Kapitalismus, wie wir im Westen glauben. Sie sei eine natürliche Entwicklung der Menschheit, so wie auch die Freiheit. Es ist keine Schande, reich zu werden. Sozialismus und Marktwirtschaft vertrügen sich durchaus. Viele Schritte und Stufen führten zu einer gerechten sozialen Gesellschaft.

Das größte Problem ist hier die Korruption, ohne einen "Umschlag" läuft nichts, zum Teil selbst in Krankenhäusern und bei Ärzten. Die Regierung kämpft häufig gegen Windmühlen. Es gibt da natürlich auch ganz subtile Probleme. Schiebst du einem Verwandten in einflussreicher Position einen "Umschlag" zu, dann kann das auch zu einer moralischen Verpflichtung werden, denn Verwandten muss man helfen.

Die ökologischen Probleme nehmen zu, das ist ja auch ein großes Problem in China. Die Industrialisierung macht rasante Fortschritte, dabei wird eben der Umweltschutz vergessen. Immer mehr Staatsbetriebe werden privatisiert.

Das mit der Religion ist hier ein kompliziertes Thema. Es gibt viele religiöse Richtungen und Gemeinschaften, nicht alle werden toleriert. Aber ich habe den Eindruck, dass sich viele junge Menschen zu Religionen hingezogen fühlen.

...

Saigon, 10. November

Hi Justine,

das ist meine letzte Mail aus Saigon. In drei Tagen fliegen wir zurück.

Ich war mit Mo im Kino, eine vietnamesische Schnulze. Interessant waren die Zuschauer, die gehen hier voll mit, rufen den Helden Ratschläge zu, lachen laut oder schreien den Schurken Schimpfworte zu, während sie ununterbrochen etwas essen, Burger, Erdnüsse, Süßigkeiten, und die Essensreste ungeniert auf den Boden werfen.

Pa ist mit mir zu dem Markt für chinesische Arzneimittel gefahren, das war echt spannend. Säcke voller Kräuter, Läden, bis zur Decke gefüllt mit Ingredienzien aller Art, die ich zum Teil nicht einmal dem Namen nach kenne. Das hätte dir gefallen, interessanter als in jedem Lehrbuch. Laden an Laden, wie im Basar, und dazwischen auch moderne Geschäfte, die Ähnlichkeit mit europäischen Apotheken haben.

Ich erzählte dir ja, dass der Vater von Ma eine traditionelle chinesisch-vietnamesische Apotheke besaß. Das war in dieser Gegend. Leider besteht sie nicht mehr.

Wir müssen unbedingt im nächsten Jahr zusammen nach Vietnam fahren und uns in diesen ungewöhnlichen pharmazeutischen Geschäften viel Zeit lassen. Wirklich wichtig ist, einen harmonischen Gleichklang mit der Natur zu schaffen – nur so kann man heilen. Ich lerne hier jeden Tag etwas Neues.

Sehr gern würde ich nach Hanoi fahren. Dafür war jetzt keine Zeit, denn Pa muss zurück nach Brüssel und für ihn war es wichtig, die Spuren seiner Vergangenheit zu suchen, während Ma, die ja aus Saigon stammt, geschäftliche Kontakte aufbauen wollte.

Also Tschüss für heute, "chao tam biet" in Brüssel.

49

Aus dem Tagebuch von Pierre Gautier 2005

11. November:

Heute finde ich endlich Zeit nach Tay Ninh zu fahren, um den großen Tempel der Cao Dai zu besichtigen. Oben auf der Balustrade kann man um 12 Uhr mittags die feierliche Zeremonie miterleben. Es wird ein angenehmer, ein trockener Tag, ohne allzu große Hitze.

Minh Sen und Linh kann ich nicht dazu überreden, mit mir zu fahren. Minh Sen möchte noch einmal in den Binh Tay Großhandelsmarkt und Linh trifft sich erneut mit ihrer Freundin Mo, die Medizin studiert und schon einmal als Austauschstudentin in Brüssel war. So miete ich mir allein ein Taxi.

Ich habe Glück. Das Hotel vermittelt mir denselben Fahrer, der mich nach Nui Ba Den fuhr. Er heißt Phat, spricht gut englisch und ist für mich schon so etwas wie ein Touristenführer. Mir fällt das alte chinesische Sprichwort ein: "Wenn du ein Buch zum ersten Mal liest, lernst du einen Freund kennen, beim zweiten Mal triffst du einen alten."
Ihm macht es offensichtlich Spaß, neugierige Touristen zu fahren.

Er ist groß, schlank, mit leicht schütterem Haar, ganz leger gekleidet, dunkle Hose, rotes T-Shirt, Sonnenbrille. Er fährt mit Sandalen, das scheint ihm nichts auszumachen. Eigentlich sei er Bauingenieur, aber der Kambodscha-Krieg habe ihn aus dem Gleis geworfen. So viel Elend habe er erlebt, so viele seiner Freunde seien gefallen. Monate brauchte er, um sich der neuen Realität anzupassen.

Wir nehmen dieselbe Schnellstraße wie nach Nui Ba Den, biegen dann aber vor Tay Ninh nach links ab. Unterwegs kaufen wir ein Bündel Bananen. Die kleinen grünen sind besonders lecker. Hier schwirren viele Mücken, ich muss die Autotür ganz schnell wieder schließen. Und natürlich bin ich erwartungsvoll, endlich die Cao Dai Zeremonie kennenzulernen. Ich traue mich nicht, Phat von meinen Monaten bei den Vietkong zu erzählen, ich kann nicht abschätzen, wie er das beurteilen würde. Es ist ja auch schon Jahrzehnte her.

Und dann liegt er vor mir, der "Heilige Stuhl", das Zentrum des "Edelsten aus allen Religionen und Lehren", wie die Anhänger ihre Religion bezeichnen. Ich habe schon viele Fotos gesehen, der große Tempel sieht genauso bizarr aus, wie ich ihn erwartet habe.

Es ist noch zu früh für die mittägliche Zeremonie. Ich gehe langsam um den Tempel herum. Am Portal stehen zwei chinesisch wirkende Dämonen. Es gibt getrennte Eingänge für weibliche und männliche Laien. Am Eingang für Frauen steht "nu phai", bei den Männern "nam phai". Nu und Nam sind Wörter, die mir von den vietnamesischen Toiletten geläufig sind. Für die Priester gibt es eine getrennte Tür.

Langsam gehe ich durch den Haupteingang. Im Vestibül ist ein Wandgemälde mit drei der wichtigsten Persönlichkeiten, die als geistige Medien dienen. Der Autor Victor Hugo, in der grünen Uniform der Académie Française, schreibt mit einer Feder die humanistische Botschaft Dieu et Humanité, Amour et Justice (Gott und Menschlichkeit, Liebe und Gerechtigkeit), der vietnamesische Gelehrte und Dichter Nguyen Binh Khiem mit einem Pinsel dieselbe Botschaft auf Chinesisch, während der chinesische Staatsmann und Gründer der chinesischen Republik, Dr. Sun Yat Sen, einen Tintenstein hält, als Symbol der Symbiose westlichen und östlichen Denkens.

185

Der große Kuppelsaal wird von zwei Reihen roséfarbener Säulen getragen, um die sich dünne goldene Drachen winden. Das Gewölbe ist dunkelblau mit glitzernden Sternen aus Spiegelglas. In der Mitte hängt ein blauer Globus und darüber wacht das "große Auge", Symbol für das "höchste Wesen" Cao Dai, das Auge, das alles sieht. Davor steht der leere Stuhl des "Papstes", seit dem Tod des letzten Papstes im Jahre 1933 nicht wieder besetzt, und dahinter sechs Stühle für die Kardinäle der drei Richtungen des Caodismus. Den Thron des Papstes ziert eine Kobra.

Die Kathedrale ist gut beleuchtet durch die großen, unverglasten Fenster, die mit steinernen Lotosblumen geschmückt sind.

Die Zeremonie hat noch nicht begonnen. Auf halbem Wege zur Balustrade übt noch das kleine Orchester mit traditionellen Instrumenten, das die Messe begleiten wird. Ich stelle mich an das Ende der rechten Balustrade. Von hier habe ich einen guten Überblick. Wie gut der von mir gewählte Platz ist, merke ich, als mehrere Touristengruppen kommen, die sich vor allem im mittleren Bereich drängen. Neben mir steht ein Cao Dai Laie, der mir bereitwillig Auskünfte über die Zeremonie gibt. Ich habe Glück, heute würden sie eine besonders lange Messe feiern, im Gedenken an einen verstorbenen Priester.

In langen Reihen kommen sie in das Kirchenschiff, an der linken Seite die Frauen, rechts die Männer, Hunderte von Laien, alle in schönen weißen Gewändern. In der Mitte, hinter dem Auge des Cao Dai, knien die Priester in roten, gelben oder blauen Roben und die Priesterinnen in elegant wirkenden weißen Seidenhosen.

Die Kleidung und auch die eigentliche Zeremonie folgen strenger Symbolik. Rote Gewänder stehen für den Konfuzianismus, blau für den Taoismus und gelb für den Buddhismus. Die konfuzianischen und taoistischen Priester scheinen die Zeremonie zu lenken, die buddhistischen knien dahinter. Offensichtlich gibt es verschiedene Hierarchien. Auch weibliche Priester sind aktiv an der Messe beteiligt.

An der rechten Seite des heiligen Stuhls ist ein Gong. Ein buddhistischer Cao Dai gibt mit Gongschlägen den Ablauf der Messe an: knien, aufstehen, wieder knien. Es riecht intensiv nach Weihrauch.

Der Cao Dai Laie erzählt mir gerne weitere Details. "Wir haben alles gut organisiert. Die Konfuzianer sind für den Ritus verantwortlich, die Taoisten für Erziehungsfragen und die Buddhisten für die Finanzen und die Kommunikation nach außen. Alle Priester sind Vegetarier, aber nicht alle Laien. Auch die Kleidung ist vorgeschrieben. Wir wohnen sehr einfach und bescheiden in der Nähe des Tempels.

Eines der Ziele ist dem Kreislauf der Wiedergeburten zu entrinnen. Wir haben verschiedene Gebote, wir dürfen nicht töten, nicht stehlen, nicht lügen, müssen einfach leben und der Sinnlichkeit entsagen. Auch unsere Ahnen werden verehrt. Es gibt nur einen Gott und alle Menschen haben eine Seele. Die Oberpriester können in Trance mit dem höchsten Wesen durch die Hilfe von Verstorbenen kommunizieren."

Das ist für mich alles sehr kompliziert und schwer zu verstehen.

Denn die Cao Dai waren auch immer politisch aktiv und hatten eine eigene Armee mit 25.000 Soldaten, die Teile von Südvietnam beherrschte. Im Krieg waren sie in einer schwierigen Position: Sie opponierten gegen die katholische Regierung in Südvietnam und den wachsenden Einfluss der Amerikaner, waren jedoch auch gegen den Kommunismus und unterstützten auch nicht den Vietkong. Heute wird die Liturgie durch die kommunistische Partei kontrolliert, damit keine politischen Aussagen erfolgen.

Es ist alles sehr interessant, aber auch verwirrend, und ich brauche dringend eine Pause. Gegen Ende der langen Zeremonie fahren wir weiter. Phat hält an einem kleinen Stand, wir trinken ein Glas Zuckerrohrsaft, der auf den Lippen klebt. Er raucht in Ruhe eine Vinataba Zigarette, ihn interessiert die Sekte nicht.

Ich bin hungrig und so fährt er mich in ein kleines einfaches Restaurant in der Nähe, mit Plastiktischen und Stühlen, einem brummenden Deckenventilator und grünen Steinfliesen.
"Wir lieben Steinfliesen, im Sommer sind sie schön kühl und man kann sie immer gut reinigen. Das ist bei Teppichböden anders", erläutert Phat.

Es ist laut und sehr voll. An einem Tisch, der durch einen halbhohen Wandschirm getrennt ist, sitzt eine Gruppe von Soldaten in lebhaftem Gespräch. Kinder krabbeln auf dem Boden unter den Tischen. Es riecht intensiv nach verdorbenen Mangos und verschiedenen Speisen.

Eine alte Frau mit hartem, herben Gesicht stellt ein Tablett mit Reis in die Mitte unseres Tisches und dazu Banh Cuon, Teigtaschen mit

Schweinefleisch sowie die obligate Nuoc Nam, die Fischsoße, die Phat erst einmal tüchtig umrührt. Wir suchen uns gleichlange Essstäbchen aus, die auf einem Haufen auf einem Tisch liegen und putzen diese mit einer Papierserviette ab.

Phat fragt mich, ob ich einen Schlangenwein probieren möchte, den gäbe es hier, in Flaschen abgefüllt, die Qualität sei gut und meine Frau sei dann heute Abend besonders glücklich. Nein, dann doch lieber ein Bier, antworte ich. Hier wird Bier der Marke 333 serviert. Auf Vietnamesisch klingt das lustig, es wird Ba-Ba-Ba ausgesprochen.

Phat freut sich auf das Wochenende. Dann habe er Zeit, Karten zu spielen, zu trinken, und fernzusehen. Es gäbe zurzeit eine tolle Telenovela, die dürfe er nicht verpassen.

Die Rückfahrt eilt nicht. Wir bestellen Reismehl-Cracker, Sonnenblumenkerne, einen Topf grünen Tee.

Draußen ist es kühler geworden. Dann fahren wir langsam nach Saigon zurück.

50

Als Pierre mit seiner Familie wieder in Brüssel eintraf, rief er sofort Nam und Luc an und erzählte von seinem Treffen mit Hung und seiner Mutter. Luc freute sich, ein Wiedersehen mit seinem Freund Nam war bald möglich und was wäre schöner, als dieses mit dem TET-Fest zu verbinden.

Am Samstag, dem 28. Januar 2006, wurde erneut das TET-Fest in der Vien Giac Pagode in Hannover gefeiert, in der Karlsruher Straße, nahe dem Messegelände.

Luc, inzwischen schon 65 Jahre alt, wohnte mit Anh und Lan in einem Hotel, nur wenige Schritte von der Pagode entfernt. Sie waren schon am Freitag nach Hannover gekommen. Lan kannte die Stadt nicht, Luc wollte sie ihr zeigen, vor allem die "Herrenhäuser Gärten". Anh hingegen liebte das kompakte Stadtzentrum. Dort könne man so gut einkaufen, alle Geschäfte seien dicht beieinander. Und natürlich war es wichtig, am Samstag ausgeruht zu sein, vor der langen Nacht der Zeremonien, die sich auch noch am Sonntag fortsetzten.

An den Vortagen hatte es geschneit, aber am Samstag strahlte die Sonne bei leichten Minusgraden, die Luft war klar und frisch. Am frühen Nachmittag gingen sie zur Pagode. Gegenüber dem Eingang wurde ein bunter vietnamesischer Markt aufgebaut. Sie gehörten wohl zu den ersten Besuchern, die Verkäuferinnen standen in Gruppen zusammen und sprachen lebhaft miteinander, die meisten Stände waren schon aufgebaut. Lan wühlte in Bergen von DVDs mit vietnamesischen Filmen und CDs mit der neuesten Pop Musik. Sie war überwältigt von dem Angebot, immer wieder musste sie ihr Taschengeld zählen.

Luc und Anh kauften Glücksbringer für das neue Jahr, auch für das Zimmer von Lan und den Hauseingang in Hamburg, rote Anhänger mit goldener Schrift. Für sein Restaurant suchte Luc mehrere besonders große Anhänger aus, die er nicht nur an der Tür, sondern auch an den Wänden befestigen wollte.

An den Seiten der Pagode führten Eingänge zu den Klausen der Mönche und in das Verwaltungsbüro. Mehrere Mönche hatten ihre gelbroten Tücher gewaschen und im hinteren Hof zum Trocknen aufgehängt.

Sie gingen langsam den offenen Weg hinauf in das erste Stockwerk. Am frühen Morgen hatten die Novizen den Weg von Eis und Schnee geräumt.

Dort war der Hauptgebetsraum mit der großen Statue des Maitreya Buddhas, des glückverheißenden Buddhas der Zukunft, hier würden die Zeremonien zum neuen Jahr stattfinden.

An der linken und rechten Seite des Gebetsraums waren weitere Verkaufsstände. Buddhistische Mönche boten verschiedene Broschüren auf Vietnamesisch an, für die sie eine kleine Spende erwarteten. Mehrere Novizen, noch mit einem oder zwei Haarbüscheln, legten Matten aus, um die spätere Reuezeremonie vorzubereiten. Einige Besucher beteten vor der Buddha-Statue, andere unterhielten sich mit den Verkäufern von DVDs und Büchern. An der rechten Seite, etwas erhöht, war Platz für besondere Stände zum neuen Jahr, für bunte Blumensträuße, für Obst, vor allem Lychees und Orangen, für süße Kuchen, gezuckerten Ingwer und vieles mehr.

Luc verbeugte sich vor der großen Buddha-Statue. Es war noch relativ ruhig im Gebetssaal, der Saal füllte sich erst langsam.

Vor den Hauptaltar hatten die Mönche drei Reihen mit jeweils neun Stapeln frischer Orangen aufgebaut, viele noch mit grünen Blättern. Die ungeraden Zahlen sollten Glück bringen.

Luc opferte einige Weihrauchkerzen vor der kleineren Statue des Amithaba Buddhas, des Buddhas der Vergangenheit, der in dieser Pagode besonders verehrt wurde.

Lan schaute sich DVDs an, auch hier vietnamesische Filme, zum Teil sehr aktuelle.

Inzwischen gingen Luc und Anh in den kleinen Nebenraum, in dem der Verstorbenen gedacht wurde. Entlang der Wände hingen Fotos der Ahnen und verstorbener Verwandter. An drei Altären konnten Räucherstäbchen geopfert werden. Noch waren sie hier die einzigen Besucher.

Immer mehr Gäste kamen in den großen Gebetsraum. Anh blieb interessiert vor der Statue des Avalokiteshvara Bodhisattvas stehen, der Göttin des Mitgefühls und der Barmherzigkeit mit elf Köpfen und vielen Armen, die alle eine Bedeutung hatten.

Luc hatte schon häufig diese Pagode besucht, nicht nur zu den TET-Feierlichkeiten, und kannte sich gut aus. Er ging mit Anh und Lan in die Mehrzweckhalle im Parterre.

"Der Jugendverein 'Tam Minh', wird heute den kulturellen Teil des Abends gestalten. Der führt übrigens auch Kurse zum Buddhismus durch und lehrt

Vietnamesisch, damit sich die jungen Vietnamesen mit ihren Großeltern und Verwandten, die keine Fremdsprachen beherrschen, verständigen können."

In der Mehrzweckhalle wurde der Kulturabend vorbereitet. Inzwischen hatten sich hier wesentlich mehr Besucher als im Gebetsraum eingefunden. Luc hatte Glück, noch waren nicht alle gepolsterten Stühle besetzt, er konnte mehrere Plätze reservieren. An der Rückseite der Halle öffneten die ersten Stände, die warme und kalte Speisen und Getränke anboten. Leckeres Essen, das war für viele Besucher das Wichtigste am TET-Fest.

Besonders die vielen Blumen brachten Farbe in den Saal, Forsythien, Gladiolen, Chrysanthemen, Gerbera und Orchideen. Die bunten Blumensträuße zum neuen Jahr sollten möglichst sieben verschiedene Blumenarten enthalten.

Kurz vor 18 Uhr ging Luc nach draußen. Hier konnte er in Ruhe per Handy telefonieren. Er rief seine Mutter und seinen Bruder Hung in Saigon an. "Anh, Lan und ich feiern hier in einem buddhistischen Kloster und denken an euch. Bei euch beginnt ja bereits das neue Jahr. Gute Gesundheit und viel Glück! Nächstes Jahr müssen wir uns unbedingt alle wieder treffen. Heute ist ein ganz besonderer Tag für mich. Ich werde in einer Stunde Nam wiedersehen, nach so vielen Jahren."

Luc freute sich, seine Mutter war in Festtagsstimmung. "Ich bin gesund, wir feiern hier wieder mit allen Nachbarn. Ich freue mich schon auf das nächste Jahr." Dann übernahm Lan den Hörer. In perfektem Vietnamesisch wünschte auch sie ein gutes neues Jahr.

Anschließend telefonierten sie mit den Eltern von Anh in Hanoi. Die Verbindung war nicht so gut, es war laut in der Leitung, die Eltern feierten mit den Brüdern und deren Kindern und allen Verwandten mit einem festlichen Bankett. Aber alle schienen gesund und man freute sich über den Anruf.

51

Und dann sah Luc seinen alten Freund Nam. Ein halbes Leben war vergangen, aber Luc erkannte ihn sofort. Nam kam in Begleitung von Pierre und seiner Familie, sie schauten sich suchend im Saal um, Luc drängelte sich an den vielen eintretenden Besuchern vorbei. Viele von ihnen hatten ebenfalls mit Verwandten in Vietnam telefoniert.

Er rief ihm "Chao ban!" zu, wie man gleichaltrige Freunde begrüßt, sie gaben sich die Hand, klopften sich auf die Schultern, lachten, die erste Verlegenheit war rasch überwunden. Luc hätte Pierre Gautier nicht wiedererkannt, sie waren sich damals ja nur sehr kurz begegnet. Pierre stellt ihm Minh Sen vor und seine Tochter Thi Linh, die wie eine Dame auftrat und in ihrem langen, chinesisch anmutenden Kleid reizend aussah.

Luc ging mit ihnen zu den gepolsterten Stühlen, sie lernten Anh und Lan kennen. Lan setzte sich neben Linh, die ihr von ihrer aufregenden Reise nach Saigon erzählte. Luc besorgte Getränke, alle wollten eine Coca Cola. Essen würden sie etwas später.

Nam erzählte von seiner Flucht zusammen mit Minh Sen. Über den Norden Vietnams seien sie nach China gefahren, das war damals noch nicht so

194

schwierig. "Wir hatten Glück, auch weil die Chinesen uns so schnell ausreisen ließen."

Und dann sprach er über die Gründe seiner Flucht, die Existenzprobleme, die Angst vor dem Krieg in Kambodscha.
"Ich hatte ja ehrliche Sympathien für die 'Nationale Befreiungsfront', besonders nach meinem Aufenthalt im Dschungel zusammen mit Pierre. Ich verstand ihre Ziele, sympathisierte mit ihrem Aufopferungswillen für Freiheit und Unabhängigkeit.

Ich habe damals nicht darüber gesprochen, auch nicht mit dir, aber ich blieb während des ganzen Krieges in Kontakt mit ihnen. Da gab es ein Café in Saigon, das zum geheimen Treffpunkt wurde, mit nächtlichen Zusammenkünften in Cho Lon. An den Einsätzen selbst war ich nicht beteiligt, aber ich half, so weit es mir möglich war, bei logistischen Problemen."

Luc hatte das seit Jahren geahnt, aber nicht wirklich gewusst. Er erinnerte sich an die langsame Entfremdung der Freunde nach der Rückkehr von Nam aus dem Urwaldcamp.

"Luc, ich konnte doch nicht wissen, wie du reagieren würdest. Auch ich vermisste unsere Nähe, aber ich durfte kein Risiko eingehen. In der unruhigen Zeit nach der Vereinigung des Landes verlor sich unser Kontakt, ich habe das immer bedauert. Später, viel später, hörte ich von deiner Flucht. Aber ich wusste noch nicht einmal in welchem Land du lebst und irgendwie traute ich mich nicht, deine Eltern zu fragen. Es war eine schwierige Zeit, eine Zeit, in der wir alle vorsichtig waren, eine Zeit der Gerüchte und Verdächtigungen.

Damals bestand noch immer die Hoffnung, dass die Befreiungsfront eine größere Rolle spielen würde, dass Hanoi unseren unterschiedlichen Kulturen im Norden und Süden die Chance einer allmählichen Annäherung gewähren wird."

Sie schwiegen, schlürften ihre Cola.

"Nam, das ist alles Vergangenheit. Mein Vater sagte immer: 'Ist etwas geschehen, so rede nicht darüber, es ist schwer, verschüttetes Wasser zu sammeln.' Inzwischen nimmt unsere Heimat einen neuen Aufschwung und auch wir haben uns neu orientiert. Für mich und Anh, die übrigens aus Hanoi stammt, wurde Hamburg zum Lebenszentrum und du lebst in Paris. Von meinem Bruder Hung hörte ich, dass du jetzt als Journalist und Schriftsteller tätig bist. Ich war überrascht, du bist also doch nicht Apotheker geworden."

Sie erzählten sich von ihrem Alltag in Europa und Anh, Lan und Pierre berichteten von ihren Reisen nach Vietnam. Auch Nam plante eine Reise, in wenigen Monaten, er war neugierig, den Wandel im Lande zu sehen.

Dann wurden auch sie hungrig. Sie wählten Pho Suppe mit Gemüse, hier wurde nur vegetarische Kost serviert, die aber besonders lecker war. Anschließend probierten sie die süßen Reiskuchen.

## 52

Es war sehr voll geworden, ein Stimmengewirr, vor allem vietnamesische Familien und nur wenige Deutsche. Mehrere Kinder spielten begeistert vor der Bühne mit Bällen. Man ließ sie gewähren, denn es war ja TET, da sollten auch sie glücklich sein. Viele Familien kannten sich, sie waren nicht nur aus Hannover angereist, sondern aus allen Teilen Deutschlands und sogar aus Holland. Da gab es so viel Neues zu erzählen.
Laute vietnamesische Musik tönte durch den Saal.

Natürlich begann der Kulturabend etwas verspätet. "Kautschukzeit" nannten das die Vietnamesen. In der vordersten Sitzreihe hatten drei Mönche des Klosters Platz genommen. Der Vorhang öffnete sich, ein gemischter Mädchen- und Knabenchor sang die Nationalhymne, alle Besucher erhoben sich, für Minuten herrschte Ruhe im Saal.

Im Namen des Klosters wurden die Gäste auf Vietnamesisch und Deutsch begrüßt. Man wollte die Kultur der Eltern und Großeltern bewahren, das sei das Ziel der Jugendlichen, die das Programm gestaltet hatten. Der Kinderchor sang moderne vietnamesische Lieder und dann folgte ein Löwentanz mit einem maskierten Löwenbändiger. Der Löwe tanzte durch die Reihen der Zuschauer, an Luc, an Nam vorbei, die Stimmung wurde immer ausgelassener und fröhlicher.

Auf der Bühne wechselten Volkstänze mit traditionellen sentimentalen Liedern ab. Auch kleine Kinder sangen solo, ganz ungeniert, und wurden mit viel Beifall belohnt. Luc war besonders von einem Tanz mit roten und weißen Strohhüten begeistert und von einer anmutigen Mädchengruppe, die im Ao Dai tanzte.

Am Ende des Programms fand eine Lotterie statt, die chaotisch organisiert war. Vor allem Küchengeräte konnten gewonnen werden. Auch Luc und seine Gäste hatten Lose gekauft, aber nichts gewonnen. Der erste Preis, ein kleiner Mikrowellenherd, wurde frenetisch beklatscht.

Kurz vor Mitternacht eilten die Besucher in die große Gebetshalle, die schon überfüllt war, als Luc und seine Gäste ankamen. Alle drängelten nach vorne, um möglichst der Buddha-Statue nahe zu sein. Viele Besucher versuchten zu knien, es war so eng, die Luft war stickig, aber die Atmosphäre voller Erwartung. Schließlich fand Luc einen kleinen Platz, während Anh, Lan, Nam und Pierre mit seiner Familie ganz hinten gegen einen Pfeiler lehnten.

Um Mitternacht fand eine Gedenkfeier für den Maitreya Buddha statt, Luc kniete auf dem harten, eiskalten Steinboden, er stand auf, verbeugte sich und kniete erneut. Vor der Statue rezitierten die Mönche Texte auf Vietnamesisch. Nam erspähte Luc in der Menschenmenge, tief konzentriert, dem Ritual folgend. Er wirkte befremdend auf ihn. Nam lebte in einer materialistischeren, prosaischen Umwelt. Hinter und vor Luc und an beiden Seiten drängelten Gläubige.

Es folgten eine kurze Friedensandacht und dann Neujahrsgrüße zum Jahr des Hundes, auf Vietnamesisch und anschließend auf Deutsch, von einem deutschen Mönch gesprochen. Es wurde laut im Saal, einige Besucher hörten kaum zu und unterhielten sich lebhaft. Auf ein Zeichen des neuen Abtes der Pagode, des Ehrwürdigen Thich Hanh Tan, wünschten sich die

Besucher alles Gute zum neuen Jahr. Inzwischen war auch der Patriarch und Gründer des Klosters, der Ehrwürdige Thich Nhu Dien, eingetroffen und mit viel Beifall begrüßt worden.

Es wurde fröhlich im Saal, das Gedränge nahm noch zu, wieder tanzte ein Löwe, begleitet von einem Löwenbändiger, und etwas später kam der ersehnte Drache. Beide tanzten zunächst getrennt und dann zusammen, ein wilder Tanz, der die bösen Geister verjagen sollte. Viele Besucher hielten Stäbe mit roten Glückstüten, mit Geld gefüllt, in die Höhe. Der Löwe und der Drache mussten sich aufrichten, um die Tüten zu erreichen. Auch Fünf-Euro-Noten wurden hochgehalten, die sich der Drachen schnappen sollte, denn das brächte den Spendern Glück im neuen Jahr.

Dann kam das, worauf alle gewartet hatten. Der Abt stellte sich auf ein Podest vor die Buddha-Statue, so dass er von allen Seiten gesehen werden konnte. Er verteilte rote Glückstüten zum neuen Jahr, jede mit einer bankfrischen US-Dollarnote gefüllt und dazu eine Orange von den Stapeln vor der Statue, und erteilte jedem Einzelnen seinen Segen.

Luc, Nam, Pierre, sie alle drängten nach vorne, wurden von allen Seiten gequetscht und geschubst, verloren sich aus den Augen. Zwischen den Erwachsenen waren auch Kinder, die die Drängelei geduldig, aber mit ängstlichen Gesichtern ertrugen. Erst eine Stunde später, kurz vor zwei Uhr morgens, ebbte das Gewühl ab. Die meisten der Besucher hatten ihre Glückstüte erhalten, die sie sorgfältig bis zum nächsten Jahr aufbewahren würden. Die Orange durften sie jedoch gleich essen.

Jetzt war es Zeit für die Orakelbefragung. Welches Schicksal würde sie im neuen Jahr erwarten? Nam glaubte nicht an Magie, aber Luc ging zu dem Seitenaltar und stiftete etwas Geld für die Pagode. Er nahm einen der Becher mit Bambusstäbchen, hielt ihn mit gefalteten Händen und schüttelte ihn so lange, bis eines der Stäbchen hinunterfiel. Die Stäbchen trugen Nummern. An einer Tafel hingen die Zettel mit den Voraussagen für das neue Jahr, nach Nummern sortiert. Als er den Zettel las, lachte er. Den Inhalt verriet er auch später nicht, nicht einmal Anh.

Luc stiftete noch mehrere Räucherstäbchen vor der Buddha-Statue. Er freute sich, sie krümmten sich leicht, behielten aber ihre Form, sie verbrannten nicht restlos zu Asche. Das würde ihm Glück bringen.

Einige Besucher gingen, andere kamen erst jetzt, von anderen Neujahrsfeiern. Auch sie erhofften den Segen des Klosters, auch sie drängelten, um Glückstüten und Orangen zu erhalten.

Und dann waren da natürlich die vielen Delikatessen zum neuen Jahr, die in der Mehrzweckhalle verkauft wurden, süße Leckereien, Obst und sorgfältig zum Mitnehmen verpackte Banh Day Kuchen mit Schweinefleisch gefüllt. Anh und Minh Sen kauften mehrere Blumensträuße, die sie gut verpackt nach Hause bringen wollten.

Die Mehrzweckhalle blieb ein lauter, fröhlicher Treffpunkt, bis dann die Mönche morgens um Viertel vor sechs zur Meditation in die große Gebetshalle baten. Der neue Tag begann, der erste Tag des neuen Jahres.

Luc und seine Freunde gingen aus dem Saal in die klare, kalte Morgenluft. Luc schritt langsam im Kreis um die Avalokiteshvara Statue neben dem kleinen Teich.

Sie waren müde und sehnten sich nach einigen Stunden Schlaf im nahen Hotel.

Am späten Vormittag, nach einem geruhsamen Frühstück in der Hotelhalle, gingen sie erneut in die Pagode, um dort die besondere Atmosphäre zu genießen. Noch immer war die Gebetshalle voller Besucher, die dem Maitreya Buddha Obstschalen und Blumen brachten und Räucherstäbchen anzündeten, die von den Mönchen Glückstüten und Orangen erhielten und noch immer befragte man die Orakelstäbchen. Auch in der Mehrzweckhalle wurden wieder große Portionen von Reis und Tofu verzehrt.

Zur Nachmittagsandacht wollten sie nicht bleiben. Pierre hatte einen wichtigen Termin am Montagmorgen, er durfte nicht zu spät nach Brüssel zurückkehren. Sie verabschiedeten sich herzlich von Pierre und seiner Familie, Nam käme ja schon im Februar nach Brüssel und Luc und Anh seien jederzeit herzlichst eingeladen.

53

Nam fuhr mit Luc, Anh und Lan nach Hamburg. Er nahm sich einige Tage Zeit, er kannte die Stadt noch nicht. Mit Luc hatte er sich wenig unterhalten können, die TET-Feier war zu lebhaft.

Nam war enttäuscht. Luc war ihm fremd geworden. Die Unbekümmertheit, die Neugierde ihrer Jugendjahre hatte sich in verklärte Erinnerungen aufgelöst. Sie fanden sich wieder, aber könnten sie erneut enge Freunde werden, so wie einst in Saigon? Nam hatte Zweifel, aber einige stille Tage in Hamburg könnten helfen. Das hofften sie wohl beide.

Nam befremdete die Religiosität von Luc, sein Klammern an traditionelle Rituale. Er trug noch immer seinen kleinen grünen Jadebuddha bei sich. Um seine fünf langen Warzenhaare hatte er ihn einst beneidet, sie gaben ihm so etwas Dandyhaftes. Aber jetzt, im Alter, grau geworden, wirkten sie nur noch affektiert. Er war doch kein Mandarin.

War nicht die Distanz schon viel früher gekommen, damals, als Nam Sympathien für die Kämpfer der Nationalen Befreiungsfront empfand? War das nicht die Zeit, als sie beide ihre Jugend verloren? So viele Jahre waren vergangen, Jahre, in denen sie getrennten Wegen folgten. Wie sagt man doch: "Andere erkennt man klar, sich selber aber nicht."
Vielleicht war er zu harsch in seiner Kritik.

Zu Anh hatte er keinen Kontakt gefunden, sie erschien ihm kühl und ernst. Welch Unterschied zu Pierre und Minh Sen, die offen und herzlich waren, mit denen er über alles diskutieren konnte, über alles lachen, so ganz unverkrampft. Anh dagegen war so ruhig und distanziert. Nam fand keinen Kontakt zu ihr.

Auch Luc kämpfte mit Zweifeln, die er nicht näher bezeichnen konnte, es war mehr so etwas wie ein sublimes Empfinden. Vielleicht sollte er einige Kurzgeschichten von Nam lesen, um ihn besser zu verstehen und das alte, vertraute Verhältnis vielleicht doch wieder herzustellen. Nam hatte unter einem Pseudonym publiziert, um eine gewisse Distanz zu seinen journalistischen Veröffentlichungen zu schaffen. Wahrscheinlich hatte Luc deshalb so viele Jahre seinen Namen nicht mehr gehört.

Es war das Jahr des Hundes. Luc hoffte, dass der Drache, Glücksbringer des neuen Jahres, alle bösen Geister verscheuchen würde, auch die Geister der Vergangenheit, damit ein Neubeginn möglich wäre. Die Vergangenheit, der erste Eindruck des Wiedersehens, er musste sie gedanklich ausblenden. Dabei könnten einige ruhige Tage in Hamburg helfen, lange Spaziergänge, neue Anregungen und vor allem offene Gespräche, befreit von der Vergangenheit, unverkrampft und gelöst von alten Rollenspielen.

**Zum Autor**

Olaf Müller-Teut war als Exportleiter eines großen Indu-
strieunternehmens und als Repräsentant eines europäischen Konzerns mehrere Jahrzehnte in Asien und Afrika
tätig. Dabei hat er viele Länder kennengelernt und sich mit
fremden Mentalitäten sowie der Kultur und Geschichte der
Menschen vor Ort intensiv auseinandergesetzt. Seine viel-
fältigen Erfahrungen und Erlebnisse finden Niederschlag
in seinen Büchern

**Zu diesem Buch**

„Der Autor, der beruflich viele Jahre in Asien und Afrika
unterwegs war, stellt eine chinesisch-vietnamesische Familie
aus Saigon in der 2. Hälfte des 20. Jahrhunderts in den Mittelpunkt. Dabei vermittelt er auch viel Interessantes und Wissenswertes über
das Land und seine Menschen, denen er
offensichtlich viel Sympathie entgegenbringt."
Deutsch-Vietnamesische Gesellschaft, Berlin (Website)